ELOGIO DE LA DUDA

怀疑颂

［西班牙］维多利亚·坎普斯／著

孙美姣／译

海南出版社

·海口·

Elogio de la Duda

© Victoria Camps Cervera,2016

© Arpa Alfil Editiores,S.L.,2016

The simplified Chinese translation rights arranged through Rightol Media(本书中文简体版权经由锐拓传媒取得 Email：copyright@rightol.com)

版权合同登记号：图字：30-2018-015 号

图书在版编目（CIP）数据

怀疑颂 /（西）维多利亚·坎普斯著；孙美姣译
. —— 海口：海南出版社，2022.4
　ISBN 978-7-5730-0335-5

　Ⅰ. ①怀… Ⅱ . ①维… ②孙… Ⅲ . ①杂文 – 作品集 – 西班牙 – 现代 Ⅳ . ① I551.65

中国版本图书馆 CIP 数据核字 (2021) 第 259547 号

怀疑颂
HUAIYI SONG

作　　者：[西班牙] 维多利亚·坎普斯
译　　者：孙美姣
责任编辑：张　雪
责任印制：杨　程
印刷装订：北京雅图新世纪印刷科技有限公司
读者服务：唐雪飞
出版发行：海南出版社
总社地址：海口市金盘开发区建设三横路 2 号
邮　　编：570216
北京地址：北京市朝阳区黄厂路 3 号院 7 号楼 102 室
电　　话：0898-66812392　010-87336670
电子邮箱：hnbook@263.net
版　　次：2022 年 4 月第 1 版
印　　次：2022 年 4 月第 1 次印刷
开　　本：880 mm × 1 230 mm　1/32
印　　张：6
字　　数：91 千字
书　　号：ISBN 978-7-5730-0335-5
定　　价：52.00 元

我们踌躇，是因为我们还活着。

格雷厄姆·格林

沉思唤醒无知，狂妄自大的总是傻瓜。

奥西亚斯·马尔希

思想者不会向说教低头，
只有晓之以理才能打动他们。
对于那些能够系统思考的人们，
打动他们的道理需要倍加充分。

维克多·克莱普勒

世界上绝大多数难题都是因为
愚者的过分自信和智者的充满怀疑而无从解答。

伯特兰·罗素

前 言
Prólogo

我们生活在一个极端对立情绪盛行的时代。极端对立情绪充斥着我们生活的各个空间，尤其是政治领域。社交网络的盛行助长了大众传媒为所欲为、依照个人好恶夸大宣传的风气。明理、公允、谦卑、审慎，不时被搬出来呼吁人与人之间和谐共处，但是谦和往往乏善可陈，缺乏吸引力。对于任何人来说，在这样的大环境下，当面对各种惶惑不安和光怪陆离时，比横加断言更健康的思维方式是怀疑。

约翰·卡林[1]在一篇文章中暗暗声援道："我很庆幸月初做出给自己在推特上放假的决定，这个决定避免了

---

1 约翰·卡林（John Carlin），英国资深记者。——译者注

我对三个新闻事件发表评论：第一是马德里市'我们能'
党[1]议员与他的犹太人笑话事件[2]；第二是英国诺贝尔科
学类奖项得主从生物学角度曲解女性的弱势性；第三是
美国某白色人种社会活动家自称黑色人种事件。"［摘自
《国家报·令人困惑的推文》（2014年）］毫无疑问，这些
新闻事件迅速被炒得沸沸扬扬，然后又以同样的速度石
沉大海，但是社交媒体的宣传使得有一定权威性的传播
媒体不得不做出回应。

　这些花边新闻的存在丝毫不能帮助我们兑现我们一
直以来追求的那些价值：对话、善举、倾听、耐心和理
性。我在这本书中试图捍卫的是怀疑的态度，它不同于
行为瘫痪，是一种自省，一种站在不同角度提问的思考
方式。还记得四年前的"愤怒者运动"[3]，一群人聚集在一
起，他们传达的理念是以一种平静温和的口吻怀疑一切，

---

1 "我们能"党（PODEMOS），西班牙新兴左翼政党，现为西班牙第三大党。——
译者注
2 该党参赞在社交网络上公开发表言论调侃："如何将500万犹太人变成600
人？"——译者注
3 "愤怒者运动"，始于2011年5月15日，波及西班牙多个城市，抗议者主张
对西班牙政治进行大刀阔斧的改革。——译者注

表达对当政者的不满。在加泰罗尼亚，独立人士把独立的要求以一种俏皮的口吻表现得淋漓尽致并引以为豪，游行示威的队伍中随处可见相互握手、微笑致意的人们。这种和睦的情景之所以令人惊讶，是因为其违反常理。电视访谈、推特评论、大选、议会会议和媒体声明都对此表示认同。新闻总喜欢煽动对立情绪，毕竟没有冲突的新闻事件，就无法吸引大众眼球。"愤怒者运动"发起之初平淡无奇，这使得从右翼到左翼的政治势力不得不诉求极端主义。种族主义政党登上政治舞台，法国、英国、荷兰、丹麦等向来以宽容开放自居的国家应对起来却显得疲乏无力。虽然有些国家还没有恶化到种族主义当道的程度，但希腊、意大利、西班牙和美国等国家也萌生了民粹主义的苗头。民粹主义目前正成为蛊惑人心的方式，对于希腊古典主义来说，这是民主恶化的明显迹象。

如果我没记错，伯特兰·罗素曾经说过，哲学是一项关乎质疑的运动。学会怀疑意味着远离因循守旧和陈词滥调，向不容置疑提出疑问。怀疑不是为了陷入冲突，而是审视分析后再做决定，是正确对待自由的态度。正如约翰·斯图尔特·密尔所言，自由不是跟随主流趋势，而是以审慎的态度选择有益的趋势。亚历西斯·德·托克维尔认为，盲目从众是民主的大敌，也是对我们极力捍卫的个人自由的威胁。

要用二分法看待思想：任何事物都有好的方面和坏的方面，合法的方面和不合法的方面，美的方面和丑的方面，来自其自身的方面和取决于其他个体的方面。脱离具体情境的二分法是晦涩的，是对现实情况的粗糙分类，对于解释复杂问题是苍白无力的。我们总能轻而易举做出不立足于事物本身所处环境的分类：我主张独立还是统一？我是保守派还是激进派？我支持接纳难民还是反对接纳他们？从事物所处情境出发需要付出相当的努力。提出怀疑总是令他人忧虑和扫兴，如"鸡肋"一般令人"食之无味，弃之可惜"。

哲学家的著作中充满了怀疑。蒙田在这方面就颇有建树，但他绝不是唯一充满怀疑的哲学家。蒙田从希腊哲学家的怀疑论中汲取营养，他生活在一个多变的世纪，时代的不确定性造就了他善于怀疑的特点。正因为此，蒙田的作品没有长篇的理论，而是以散文为主。他对现实独特的解读与我们的时代不谋而合，仔细品读将大有裨益。他的笔下多是平淡的现实，平铺直叙，而无过多粉饰。这种思维方式就源于 16 世纪。在西班牙，怀疑思想的代表人物是弗朗西斯科·桑切斯，他的代表作是《一切皆虚无》，他的从怀疑的角度看待事物的观点是现代个人主义的滥觞。一方面，他对宗教权威的质疑和对个人判断的肯定，促使路德与天主教会分道扬镳。另一方面，他的怀疑理论在精神上鼓舞人们发现美洲大陆，这才有了当今所谓的"文化多样性"。矛盾的是，对个人理性思考的肯定，竟然是由于对另一个与我们的风俗习惯截然不同的客体的发现而萌生。孟德斯鸠曾提出一个令人大梦初醒的问题："如何才能成为波斯人？"

学会怀疑意味着承认人之所以为人的脆弱性和偶然性。为此我们创造了民主，并将其作为政府的最佳组织形式，唯其如此才能以强迫的方式使异见得以存在，使不同的声音能够被倾听。然而，他人的需求与个体的自我肯定并不相悖，个人自主自利与群体利益并不冲突。个人自由是现代文明的巨大成就。在群体生活中合理利用个人自由并且敢于利用个人自由做出与众不同之举，是道德赋予的使命。这应当成为放之四海而皆准的道德基础，因为每个人的认知是有限的，没有谁可以代表真理。

在把质疑当作行为标准的过程中出现了与把宽容当作行为标准时类似的问题。我们理应对令自身感到不适的事物持宽容态度，但并不是所有事情都值得宽容。同理，我们应以怀疑精神审视不同的立场，但是要适度而为，我们不能毫无来由地怀疑一切。真理的核心不容置疑，否则就意味着对从前人类成就的否定。怀疑并不意味着将过往的一切推倒重建。有些豪言壮语虽然空洞，但至少为我们提供了行为的准则和理性思考的力量，并解释了为什么仅靠道德无法合理约束自由。只有普世价值才能抵制教条和偏见。为践行这一原则，我们需要奉行相对主义，而相对主义是怀疑的另一种形式。只有宗教激进主义者才崇尚绝对价值，拒绝认同其他与之同等重要的价值。加缪对此阐释得再清楚不过了："标榜绝对正义是对自由的否定。"

表面看来，我所主张的怀疑态度仅仅适用于审视全球化条件下的社会、个人和政治转型问题，"我们能"党的新政策，无政府主义，以及反体制化运动。但我认为所有被贬低为流行趋势的倾向，都是量变到一定程度的质变。在理想情况下，这些趋势会带来革新的气象，反之，则会因背离初衷而昙花一现般销声匿迹。急躁、逐利、自控自律的缺失将我们引向一个我们自己都不情愿承认的世界。这个世界不以追求所有人的福祉为准绳，而更多地被一种轻率的、缺乏反思的思维方式引向失衡边缘。朱瑟夫·M. 科洛梅尔[1]在《民主的转型：西班牙模式》中提出，由于西班牙的社会转型趋于温和、过于程式化，才引发了后来的集权强化、党派斗争、社团主义、庇护主义、单边主义和特权主义等社会问题。在刚刚过去的几十年里，中庸和慎重都不是常态，也无法为当今社会的新情况提供指导。如果我们把消费经济的膨胀归咎于操之过急，缺乏侧重点、持续性和选择性的政策演变，我们会发现一个现实，即对现状的自满。而不质疑一种生活方式，就不会激发我们去思考我们为什么要这样做。

我在本书撰写过程中引用了大量哲学著作。作为一个哲学工作者，即便是在写作时也难以摆脱哲学的烙印。

---

1 朱瑟夫·M. 科洛梅尔（Josep M. Colomer），当代政治经济学家。——译者注

希望人们能将哲学的怀疑精神应用于生活，学会生活的哲学。除了前文提及的哲学家，本书引用的内容来自苏格拉底、亚里士多德、笛卡儿、斯宾诺莎、休谟、尼采、维特根斯坦，还有一些名气略逊一筹但思想的光辉丝毫不逊色的哲学家。阅读经典——不论是不是哲学题材的经典——在任何时候都不是徒劳的。文化不是优渥生活的保障，也无法帮助人们规划人生，纵然如此，否定和轻视文化意味着缺少用于抵抗我们天性中的鲁莽的武器。哲学、文学、艺术和音乐的本质是让我们困惑，在一切似乎都清楚的地方播下困惑的种子，唤起我们对未知的好奇，使我们具备赞赏他人的慧眼。简而言之，把复杂性引入一个存在，可能并不简单。

感谢我的学生，也是我的好朋友霍金·帕劳，还有他的出版团队，他们使本书的出版成为可能。在这样一个浮华的大环境下，出版"高质量的散文"需要很大的勇气和魄力。我在此对整个团队致以祝福和支持。

2016 年 2 月

写于圣库加特 - 德尔巴列斯

CONTENTS
目录

前言

1 伊斯墨涅的致歉

Apología de Ismene

安提戈涅是哲学和文学中最崇高的人物形象之一，是公民不服从的典型，她身上体现了不畏强权的反抗精神。"安提戈涅"（Antigonē）的字面意思是"反对出生"[1]，这个名字是"叛逆""不安现状"的代名词。常与安提戈涅一同出现的，是她的姐姐伊斯墨涅，一个让人难以揣摩的人物，她每每提出问题，安提戈涅都叫她"惊恐的小可怜"。萨尔瓦多·艾斯普里乌写过一篇关于伊斯墨涅的小故事《我只是一个影子》：一个百无聊赖的女人，在日复一日因循守旧的时光中无法自拔。安提戈涅是一个令人心潮澎湃的女英雄。伊斯墨涅深知舅舅克瑞翁的不公正。克瑞翁禁止波吕涅克斯下葬，企图控制伊

---

1 安提戈涅，希腊神话中底比斯王俄狄浦斯之女。其希腊语名称为"Antigona"，其中，"anti"意为"反抗、反对"。——译者注

斯墨涅。但面对安提戈涅的仇恨和愤怒，他最终还是放过了伊斯墨涅。[1]

我承认自己向来对伊斯墨涅式审慎低调的人充满好感。悲剧是用情感说话，它不像哲学那样，可以在抽象思维的庇护下解释和推理。推理的目的在于通过辩论，通过语言而不是手势论证某种论调优于其他论调，真理就蕴含于推理之中并且是可知的。这就是哲学的目的，哲学将它的论调加诸西方思想，而不是像皮浪[2]那样通过怀疑论[3]体现哲思——通过对人类能力的质疑来捕捉真理，也不是像智者学派那样通过诡辩实现真理。可以说，柏

---

1 故事的背景是：俄狄浦斯在不知情的情况下杀父娶母而被神流放，他的两个儿子波吕涅克斯和厄忒俄克勒斯相互争夺王位，最终同归于尽。俄狄浦斯的妻弟克瑞翁继承了王位，克瑞翁厚葬了厄忒俄克勒斯，却将波吕涅克斯视作叛徒，不许其下葬。安提戈涅为埋葬哥哥而违背了神谕。

2 皮浪（Pyrrhon，约公元前365—约公元前275），古希腊哲学家，怀疑论的创始人。认为由感觉与理性得来的知识都不可靠，人们对任何事物都应该存疑。——编者注

3 怀疑论，对客观世界和客观真理是否存在、能否认识表示怀疑的哲学学说。皮浪首先提出怀疑论的学说，因此怀疑论亦称"皮浪主义"。蒙田曾以怀疑论抨击教会和封建制度，批判经院哲学。近代怀疑论的代表人物是英国人休谟，现代西方哲学中也有怀疑论思潮的流行。——编者注

拉图和亚里士多德才是理论的赢家，这两位哲学家都致力于在一系列的确定性中将理论具体化。这是一套以逻各斯（logos）——即理性和言语——为起点，通过论证某些既定真理来支持知识体系从而求知的言论。

纵然如此，几个世纪以来对哲学的探求仍然被怀疑论主导，哲学似乎就是接二连三的质疑。经过长达 25 个世纪的理论思考，我们深知哲学的问题永无止境，随着新词汇和新目标的产生，新的哲学命题沿着哲学的滥觞不断衍生，但是问题的本质始终如一。正是这种质疑精神、这种不下定论的思辨，才使哲学得以永葆生机。我们一直在追寻事物的根源：我们为什么存在于这个世界？世界为什么存在？我们来这里做什么？我们来之前发生过什么？我们为什么不得不死亡？为什么存在如此多的不公平、不正义？谁赋予我们良知？我们为什么会悲天悯人？

如果没有提问和怀疑，我们就没有好奇心，就会像没有良知的动物那样无所谓地存在着。怀疑是人类特有的态度，是有局限、会终结的生物才会抱有的态度。然而，矛盾的是，质疑并非常态。这意味着，尽管我们选择了既定的政府和民主形式以维系交流，在意见对比中，在信念传承中，能够排除万难达成一致的观点少之又少。假如我们能够对某些朴实真理达成一致意见，那也是因为这些真理是抽象的。人们对那些豪言壮语——正义、自由、团结、尊重——的共识，也仅限于理论层面。一旦落实到具体事务上，一旦问及如何实现，我们就不得不自问：这些概念具体指的是什么？如何让所有人信服？此外，由于人们的价值取向不尽相同，让多数人达成一致意见需要高超的技巧。政治家的存在有其必要性，正如迈克尔·伊格纳蒂夫[1]所言，"政治家能使需求不同的人们共处一室，求同存异地谋求共同目标"。

但今天的政治却不为此而存在。恰恰相反，那些建立小集团和党派派别的统治者缺乏能力，他们将公众利益弃置不顾，却在与公众利益无关的问题上荒谬地进行

---

[1] 迈克尔·伊格纳蒂夫，《火焰和灰烬》，哈佛大学出版社，剑桥，2013。

辩论。政治和宗教往往联系紧密，极端立场的形成通常是因为二者的相互勾结。极端立场是人们之间沟通的最大障碍。宗教和政治非但不鼓励我们提出疑问，反而对一切关于理性和文明的探讨横加阻拦。民主并不能铲除那些笼统而充满偏见的意识形态，比如民族主义、对移民的仇恨，以及对既有生活方式的绝对捍卫等。这些都是由于对历史的单一解读和神权统治而形成的根深蒂固的想法。马克斯·韦伯[1] 称之为"无耻"，他认为这是"神职人员对真理的狂热"。

　　当路德史无前例地把《圣经》译成德文时，引起了天主教会的反对。教会保留对神的话语的独家解释权。关于《圣经》的翻译，约翰·略维特曾经赞扬了塞巴斯蒂安·卡斯特利奥[2] 在 16 世纪所做的翻译，西班牙神学家赛尔维特被加尔文处以火刑时，卡斯特利奥挺身而出为

---

1 马克斯·韦伯（Max Weber，1864—1920），德国社会学家、历史学家、经济学家，社会法学派在欧洲的创始人之一。认为资本主义源于宗教、伦理等精神因素。——编者注

2 塞巴斯蒂安·卡斯特利奥（Sébastien Castellion），16 世纪法国神学家，主张宗教自由和良心自由。——译者注

其喊冤，因此闻名。那时，卡斯特利奥喊出了那句著名的"谋杀就是谋杀，杀死一个人不能捍卫一种教义"。法国这位充满人文精神的"宗教异端"在把《圣经》翻译成法语时，将《圣经》中的表达与当时的社会现实相结合。他的译文不是"宇宙之初，上帝创造了天和地"，而是"当上帝开始创造天和地的时候"。毕竟上帝是永恒的，为上帝设立一个起始点显得非常荒谬。他没有把弥赛亚的母亲翻译成"圣母"，而是直接称呼她为"年轻的姑娘"。如果我没记错的话，何塞·玛利亚·瓦尔维尔德[1]说过，翻译是一项谦卑的工作。事实上，翻译是将一篇文章转化成其他语言和与之相伴的情境，这是现在的翻译软件无法达到的高度。翻译的过程就是思考的过程，也就是提出怀疑的过程。怀疑使我们成长，任何情况下，怀疑都是改变的动力。相反地，教义却要求我们对其全盘接受，不容我们提出任何疑问。

　　然而教义和信仰之所以这么有吸引力，是因为它们

1　何塞·玛利亚·瓦尔维尔德（José María Valverde），西班牙诗人、翻译家、文学评论家。——译者注

给予信徒免于思考的安全感。因此教义和信仰都是基于各种对立的概念建立的：男女、是非、黑白、胜负、好恶、思维和躯体、独立和统一、激进和保守……类似的概念数不胜数。中庸的论调都被排除在外。不走极端就不值得关注。从事物的不确定性出发进行思考，比考虑事物的确定性更加复杂。让－弗朗索瓦·利奥塔[1]的后现代主义理论这样定义新的时期：这是确定性的终结，连我们脚下的土地都充满不确定性。即使是最纯粹的后现代主义者也会对这一论断感到不适。从这一观点出发，政治对话无异于一场球赛：非输即赢，其他因素都被排除在外。你不是胜利者就只能是失败者。我们甚至都没有意识到，现实生活与这种拙劣的二元论并不完全契合，除了两个极端还有中间地带，而这些中间地带往往被二元对立的话语遮蔽了。安德烈斯·拉巴戈·加西亚[2]在一组漫画里说："不确定性很可怕，比这更可怕的是确定性。"然而，现代思想的主要命题是寻找确定性，排除疑

---

1 让－弗朗索瓦·利奥塔（Jean-François Lyotard），当代法国著名哲学家，后现代思潮理论家，解构主义哲学的杰出代表。——编者注

2 安德烈斯·拉巴戈·加西亚（Andrés Rábago García），西班牙漫画家，以"El Roto"（残缺）为笔名在报纸上发表新闻漫画。——译者注

虑。笛卡儿一直在寻找一个确定的理念，而这不同于排除疑虑。他试图同时避免怀疑主义和信仰主义，却最终陷入其中。他无法接受有条不紊的怀疑仅仅让他头脑中充满疑虑这一事实，因为怀疑使他头脑停止。正如他自己所说："旧式的冥想在我头脑中生出诸多疑虑，使我难以忘怀……我甚至无法脚踏实地。"（《第一哲学沉思集》）帕斯卡更担心陷入怀疑可能对宗教信仰产生影响，他认为教条之外有广阔空间。

任何哲学家都痴迷于哲学的原始冲动——求知的欲望。"任何人，出于自然本能，都渴望求知"，亚里士多德的《形而上学》以此开篇。尽管每个人的求知方法不同，也不是所有人都会追求确定性，但是，哲学家作为智慧的追求者，将这一原始冲动内化了。亚里士多德与柏拉图在理论上渐行渐远，前者不认同后者所谓思想即求知的理论。亚里士多德认为经验尤为重要，但经验具有差异性和多样性，每个人的生活方式不同，看待现实的立场也不尽相同。他还提出，我们没必要知道道德是什么，我们需要知道的是如何做一个有道德的人——这只有在经验中才能学到，从理论上看，要把显而易见的事情变成现实是困难的。"道德即中庸"，此言得之。但是，何为中庸？谁定义了中庸？以何种标准定义？安提戈涅和她的姐姐伊斯墨涅的反应，谁的更正确、更公正、更慷慨、更崇高？经验使我们充满怀疑，它让我们在面对自己的时候，也像那些因为思考而犹豫不决的人。笛卡儿的论断"我思故我在"，过于简单了。思考是逻辑推理的过程，而不是对存在的演绎。作为一个复杂的思想者，我们要怀疑不息。

蒙田是此类想法的构建者。他把亚里士多德求知的欲望用一个设问表达得淋漓尽致，并且开创了随笔这一新兴文体。蒙田说："我又知道什么？"如果思考的动力是意识到自己的无知，那么自我分析将成为智慧的开始，怀疑将成为人类的常态。拜伦勋爵在《唐璜》中赞扬了蒙田的怀疑态度：

"我又知道什么？这是蒙田的标语，

也是最初的学者们的口号：

人类所能做的一切都值得怀疑。

怀疑是人生的常态。
尽管我们是如此多疑，
我们对这个世界的认知却如此浅薄。"

蒙田从不轻视怀疑的态度。皮浪是他的诸多导师之一。但他也从亚里士多德身上汲取灵感，《蒙田随笔》的最后一章"论经验"开篇引用亚里士多德的话："没有什么愿望比求知的愿望更发乎自然。"蒙田补充道："当真理令我们失望时，我们便向经验求助……经验是如此脆弱与邪恶。然而真理是如此广博，以致任何能通向真理的道路都不容小觑。"

与其说别人的经验对我们大有裨益，不如说经验本身让我们受益匪浅。智者馈赠给我们的知识被后世一遍又一遍地重新解读，除了徒增困惑，别无益处。哲学著作和法律都无法告诉我们究竟应该怎样生活，只有经验可以做到。"与成为西塞罗相比，我更愿意做好我自己。

ELOGIO DE LA DUDA 怀疑颂

如果我是一个好学生，通过我的经验就能做好自己，变得更加智慧。"蒙田宣称自己是苏格拉底的忠实门徒，因为认识自我的过程是一个包罗万象的学堂。

> "我承认自己很软弱，我态度谦卑，服从信仰，总是保持冷静和克制。我讨厌傲慢，因为傲慢是真理的大敌。"

诚然，蒙田的忧虑在于如何学会生活，如何更好地生活。他的《蒙田随笔》旁征博引，引用了古希腊、古罗马的先贤塞内卡、普鲁塔克、奥拉西奥、西塞罗、卢基里乌斯等人的语句。但他对演说和发展理论并不感兴趣，他更专注于创作以如何生活、如何学会欣赏、如何选择，以及如何管理时间等为主题的小故事。简约的生活方式，日常生活的轶事在他看来实用又意趣盎然。他都用再平常不过的方式娓娓道来：怎样入眠，如何保暖，如何监测和治疗肾结石，幸福的时刻是什么样的。无论是超然的，还是琐碎的，任何话题都可以成为随笔的主题。蒙田向我们讲述了好友博埃西的死亡，那口吻跟讲

· 012 ·

述亚历山大大帝的臭汗无异。"懂得过好自己的生活，是最艰难的科学。"纵然我们是如此希望超越自身，即使我们"踩着高跷"或站在巨人的肩膀上俯瞰世事沧桑，我们也得脚踏实地。"爬得越高，摔得越惨。""我个人认为，最美的生活是那些平淡无奇、井然有序的生活。"

以上这些微不足道的教训，就是我们现在所谓的常识。对于追随着斯多亚学派[1]的足迹的蒙田来说，常识的标准就是顺应自然。要遵从内心的感受多于理性分析，"我只遵从内心的感受而不是通过逻辑分析来评价自己"。品味美好，漠视丑陋，这就是认真生活的真谛。

"与折中相比，走极端总是更容易一些。因为极端之处有界限、刹车和向导，而折中之路宽广开阔，它对艺术和自然更适用。只是折中

---

1 斯多亚学派，亦称"画廊学派"，公元前300年左右由芝诺创立于雅典，因讲学场所称"斯多亚"（stoa，意译"画廊"），故名。此学派的学说对基督教影响很大。——编者注

之路并不高尚，也没有溢美之词。灵魂的崇高不在于一路攀升前行，而在于井然有序、随遇而安。适度即伟大，朴素的事物有着杰出的事物无法企及的高度。做好自己本身就是一种美好、适度的状态。懂得过好自己的生活，是最艰难的科学。"[1]

人之所以会成为有极限、有终点的人，正是因为质疑的存在。没有质疑，人生将会失去乐趣。质疑塑造了现在的我们。表面看来，只有弱者，只有那些优柔寡断、决策无力的人才容易质疑。正因为如此，优柔寡断的伊斯墨涅才在历史舞台上以平庸的形象示人，"她是一个相貌平平，默默无闻的人"，爱克曼如是说。[2] 乔治·斯坦纳对安提戈涅的神话做了大量研究，论证了姐妹俩之间的矛盾统一性。类似的神话姐妹还有厄勒克特拉和克律索

1 以上摘自《蒙田随笔·论经验》，向读者推荐莎拉·贝克维尔所著《如何生活：与蒙田相伴此生》（巴塞罗那，2011）。

2 乔治·斯坦纳在一篇研究神话的学术文章《安提戈涅：贯穿西方神话史的人物》中引用了《歌德谈话录》（爱克曼，1986）中安提戈涅的神话故事。本书接下来将借鉴该文章中的观点。

忒弥斯。后者在不质疑厄勒克特拉计划的合理性的情况下，试图权衡可能随之而来的谋杀和暴力的代价。她怀疑，厄勒克特拉用"回家"来嘲笑她。因为厄勒克特拉在说"家"的时候用了"oikos"，它其实是指妇女进行家务劳动的简陋空间。但并不是所有的描述都对这个胆小怕事、如透明人般的姐姐口诛笔伐，汉斯克莱维尔在诗句里肯定了伊斯墨涅在道德上的分量：

> 新的不公正无法磨灭旧的不公正，
> 愚蠢的灾难无穷无尽……
> 对所有人都要人性化！

类似的情况出现在阿诺伊的《安提戈涅》一书中，伊斯墨涅是姐姐，她代表着心理健康、思考和智慧。因此她更能理解舅舅克瑞翁的立场——"我想到了我们的舅舅"——尽管伊斯墨涅之后的态度变得模棱两可，而且更加赞同妹妹安提戈涅厚葬自己兄弟的决定。苏格拉底笔下的悲剧也是这样的。如果不是这样，我们也就无从看到伊斯墨涅以如此决绝的方式提出疑问了。

还有一点不能忽略，伊斯墨涅和安提戈涅是两个女性主人公。两个女性之间的冲突，两人面对政治的态度，反映了女性在这一领域所能发挥的作用。"我们只是女人。"伊斯墨涅如是说。这样一种"愚蠢的性别观念"，不适合政治。

在黑格尔看来，安提戈涅是一个违背家庭和自然而被塑造的女性形象。而伊斯墨涅身上则更多地体现了女性躯体的柔弱和面对灾难时的悲悯。

但如果将两人放置到其他情境，我们看到的会是两姐妹以另一种方式互相影响。基于克鲁格导演、海因里希·伯尔编剧的电影《德国之秋》，斯坦纳提出，鉴于巴德尔－迈因霍夫集团恐怖分子的煽动，一定要重视当今世界对安提戈涅和伊斯墨涅之间的冲突的解读。试问，索福克勒斯[1]笔下的主人公会如何回应"巴

---

1 索福克勒斯（Sophoclēs，约公元前 496—约公元前 406），古希腊三大悲剧作家之一。相传写有 100 余部悲剧和羊人剧。其中，《安提戈涅》和《俄狄浦斯王》最能反映其创作才能。——编者注

德尔－迈因霍夫团伙以绝对正义之名几乎让国家陷入瘫痪"这样的情况？乌尼嘉·迈可夫（他代表安提戈涅吗？）在家中自杀，安德雷阿斯·巴德尔（他是赫蒙？）一年之后也自尽了。斯坦纳的质疑微妙而浮夸："难道克瑞翁不是在包庇无情的凶手吗？""伊斯墨涅式的传统女性还有生存空间吗？她是那样极力避免死亡。"从这个层面讲，安提戈涅展现的更多的是男性的气质，而伊斯墨涅是一个尽其所能避免冲突的女性形象。拉斐尔·桑切斯·菲尔洛西奥在安提戈涅身上发现了不同的品质，那就是她拒绝接受法律或国家利益高于任何其他利益。他认为，面对绑架，国家保护自己而不承担保护被绑架者生命的责任。国家在任何时候都不该示弱，即使在公民生命陷入危险时。[1]

　　现在让我们回顾一下诸多作家对姐妹俩性格弱点的揭示：安提戈涅过于惧怕死亡，伊斯墨涅过于多疑。这无异于说，女性容易被质疑所操纵。以偏概全在任

---

1 拉斐尔·桑切斯·菲尔洛西奥，《关于战争》，德斯蒂诺出版社，巴塞罗那，P. 383-384。

何情况下都是在将问题过度简化。性别赋予的特质并不会在所有女人或所有男人身上体现。与其说这是生物属性，不如说是文化传承造就了女性面对质疑更显柔弱的特质。女权主义作家雪莉·桑德博格在畅销书《向前一步》中指出，女性的完全解放之所以停滞不前，是因为很多女性缺乏大多数男性所具有的野心和傲慢。出现这种现象的原因是女性被教育要沉默、要慎重、要含蓄，她们害怕被人评头论足，也害怕失败。作为大学老师，我知道如果一个教室里女生多于男生，那么男生们永远会争相发言，而女生则在发言前总是犹豫不决，因此错过了机会。

　　我无意谈论因缺乏自信而产生的怀疑，我更想谈论怀疑这件事情本身。我们假设人们对自我的脆弱性和依赖性有所认知，不自满于虚幻的自信，那么怀疑就是人性的本能。此处所讲的怀疑不是笛卡儿式智慧型有章法的怀疑，而是那种能让个体保持相对的态度而不自满自足的怀疑。就像本书接下来几章要论述的，我所指的怀疑不意味着人们要犹豫不决或疏远异见。按照蒙田的观点，怀疑是一种回顾，是超脱自我，是不为第一印象所惑，是一种审慎自省的态度。按照希腊实践智慧的观点，怀疑是智者寻求最公正答案的法则。

2 布里丹的驴子

El asno de Buridán

面对眼前的两大堆草垛，布里丹的驴子因为无法决定先吃哪一垛而饿死了。亚里士多德早在布里丹的驴子之前就提出了类似的矛盾，这种矛盾可以是两种物理力量的势均力敌，或者是某些两难的抉择。我们暂时先不展开关于悖论的哲学辩论，可以先把这种矛盾看作导致怀疑的因素。抨击那些持怀疑态度的哲学家的典型论调有：一个十足的怀疑论者，对一切都充满怀疑的人，终将一事无成。因为即使面对不容置疑的事情，他也会过度思忖，想象这是一场骗局。如果食物根本不存在，何必考虑果腹的问题？如果椅子是假的，何必考虑坐下休息片刻？如果根本没有街道，还怎么出门散步？G. E. 摩尔¹有这样一段批判怀疑主义的言论：只要先举起右手，再举起左手，然后宣布"这是我的右手，这是我的左手"，就没有人会对如此显而易见的事表示怀疑了。

　　有时，哲学就像有趣的智力运动，但我无意在此进行这样的智力运动。我所指的怀疑是走向心智成熟，与他人文明共处，避免固执己见，发现事物隐藏的一面的那种思考方法。提出怀疑有益于消除偏见、没有根据的假设和经不起推敲的信条，因此这里所说的怀疑与探寻真理并不矛盾。笛卡儿就是用怀疑的方法探求最初的真理，并以此为契机接近了一系列其他的真理。我们不能说他的努力与收获的结果相悖，但是显然他的"我思故我在"在其他哲学家看来是有待商榷的。然而，沉浸在怀疑当中不是哲学家的目标，怀疑只是帮助他们更好地思考的手段。蒙田不像笛卡儿那样担心陷入怀疑无法自拔，他提出怀疑不该阻碍行动。在莎士比亚的作品中，

1　G. E. 摩尔，即乔治·爱德华·摩尔（George Edward Moore, 1873—1958），英国哲学家，提倡常识哲学，认为哲学家如果能坚持常识的观点，并从研究日常语言的用法着手去分析、理解与解释哲学语言，历史上存在已久的各种"形而上学"问题可以迎刃而解。

我们可以看到蒙田对他的影响，尤其是在《哈姆雷特》中，故事的主要冲突就在于主人公在行动前总是思前想后、患得患失。如果说怀疑是人性的一部分，那就等同于说迷茫和矛盾根植于我们头脑中："我不知为何，我们是矛盾体，因此我们怀疑我们深信的东西，命中注定的我们无法摆脱。"[1] 人是如此善变，以至于人们会同时渴望又拒绝着同一个事物："我们在不同的观点间摇摆不定，我们无法自由、绝对、永恒地爱着什么。"当我们用某些通用的标准去描述或评价他人时，就是我们犯错误的时候。蒙田曾对自己身上体现出的矛盾做过这样的评价："腼腆的、粗野的，纯洁的、荒淫的，喋喋不休的、沉默的，痛苦的、脆弱的，机智的、迟钝的，蛮横的、和蔼的，虚伪的、真实的，博学的、无知的，慷慨的、吝啬的。"[2] 蒙田引用西塞罗的话说："没有矛盾，就没有争执。"[3]

---

1 《蒙田随笔》，第二卷，16。

2 《蒙田随笔》，第二卷，1。

3 《蒙田随笔》，第三卷，12。

蒙田式的怀疑和笛卡儿式的怀疑不尽相同，当然，我们没有任何贬损后者的意味。笛卡儿侧重于探求科学真理，而蒙田则通过自我分析探求内心深处的真知，而且毫无将其转加给他人的意图。怀疑使蒙田自省，不仅对于蒙田，对任何人来说怀疑都是最健康的智力运动。安德烈·纪德[1]看到了蒙田的这种品质，他在一篇散文里写道：

> "面对彼拉多[2]穷凶恶极、响彻洪荒的发问，'真理是什么'，蒙田以一种粗鄙而饱含人性的方式说，'我就是真理'。他的回答与耶稣神圣的回答遥相呼应。他是基于对自己的深刻了解而做出这样的回答的，这也是他一直以来探讨的问题。"

---

1 安德烈·纪德（André Gide，1869—1951），法国作家，早期作品有象征主义色彩，主要作品有散文诗集《地粮》，小说《伪币制造者》以及《蔑视道德的人》《窄门》《田园交响乐》等，获 1947 年诺贝尔文学奖。——编者注

2 彼拉多（Pontius Pilatus），亦译"比拉多"。公元 1 世纪罗马帝国驻犹太、撒马利亚和以土米亚的总督。据《新约全书》记载，耶稣由彼拉多判决钉死于十字架上。——编者注

让·史达罗宾斯基指出，即使面临最惨烈的风暴，也可以求得内心的平静：

> "蒙田在知识层面的节制（疑问的搁浅）不意味着放弃参与政治，这不是不计一切代价地寻求安全感，也不是不作为。任何行动都应付出激情。经过激烈的内心斗争，蒙田恰如其分地提出，行事要拿捏分寸、张弛有度。"[1]

与笛卡儿相比，蒙田最终能成为一个更接近我们的思想家是因为他对知识权威和现有真理的不信任，他不相信真理是那些超凡的大脑发现的。蒙田十分谦虚，他似乎不想偏离实际。出于对人性矛盾的理解，他在描述原始民族——比如所谓的法属南极的图比纳巴斯族（现在的巴西境内的民族）——时称，那里的人们知足常乐，不像欧洲人那样傲慢。"我们所谓的'野蛮人'，不过是与我们的行为习惯不同的群体。"我们习惯于站在自己的

---

1 让·史达罗宾斯基，《蒙田：平静行动理论》，摘自阿道夫·卡斯达尼翁《蒙田的国家》（墨西哥，1998）。

立场看待一切，所以我们总是肯定自我而否定或忽视他人。因此让柏拉图那样的哲学家理解图比纳巴斯族生活的优越性几乎是不可能的。蒙田想象自己在面对柏拉图时会做出这样的解释：

> "我会这样对柏拉图说，那是一个没有贸易，没有文字，没有数学，没有法官的头衔，没有政治特权，没有奴役，没有财富或贫穷，没有契约，没有遗产，没有分配，没有休闲娱乐，没有具体父系概念，没有衣服，没有农业，没有金属，没有葡萄酒或小麦的国度。甚至连谎言、背叛、伪装、贪婪、嫉妒、诽谤等概念在那里都是闻所未闻的。"[1]

纵然人的寿命有限、认知有限，用智慧思考的人类总希望看得更远。乔治·斯坦纳一而再、再而三地证实了人类凭借自身智慧探求真理的信心。亚里士多德、笛

---

1 《蒙田随笔》，第一卷，30。

卡儿、黑格尔、弗洛伊德……都证实了人类语言可以描绘现实。神学家有一个信条——斯坦纳认为——基于预言和理性思考对神话进行的再创作充满怀旧情怀，这种怀旧情怀是因人们无法摆脱世俗思想而产生的。亚当和善恶树、普罗米修斯的神话和浮士德的故事说明，求知和超越自我的愿望是无穷尽的，而放任自我不加克制终要受到惩罚。在斯坦纳看来，马克思所说的人类的疏离感，弗洛伊德提及的文化的亚健康，无疑会使人联想到人类的原罪，克洛德·列维-斯特劳斯[1]也提出过文化弱肉强食的理论。"具有前瞻性"是注定要失败的，因为它们太过虚幻，妄图填补宗教留下的空白。[2]

蒙田并不赞同这种自我超越精神。他志不在此，他的分析毫无野心，更多的是对不同生活方式进行比较和对比。因为对比，信念变得相对化，那些高不可攀的信念变得渺小、脆弱。蒙田追寻的真理不是"事物存在的

1　克洛德·列维-斯特劳斯（Claude Lévi-Strauss，1908—2009），法国著名人类学家，法国结构主义人文学术思潮的主要创始人。代表作有《忧郁的热带》《野性的思维》《结构人类学》《面具之道》等。——编者注

2　引自乔治·斯坦纳所著《纯粹的怀旧》（马德里，2011）。

状态"，而是"变化的过程"——由老到新，由远及近，由已知到未知的过程。这是一种提出问题、终结偏见的智力运动，其最终目的是论证一切毋庸置疑其实都有待商榷。

就像齐格蒙特·鲍曼不断强调的那样，尽管后现代主义逐渐深入人心，许多根深蒂固的观念开始动摇，人们还是对某些曾经让我们得以安身立命的"绝对真理"表现出深深的怀旧情结。这种怀旧不是针对那些高深的理论——毕竟现在已经没有哪位哲学家会像黑格尔那样试图写一部哲学百科全书式的著作了。哲学的目的不是为了怀疑而怀疑。当今的哲学面临着空前的危机，很多与人生相关的问题看起来都有了一成不变的解释。

人们总是反感却又难以摆脱困惑和迷茫。因此，即使再简单拙劣的答案也比提出问题本身更有吸引力。虽然我们对"人是什么"这一哲学基本问题的感悟日渐深刻，但这一问题在未来很长一段时间里仍将是个谜团。我们这个追求实用主义的世界总想把谜团排除在外，以求圆满，我们以为这样就可以高枕无忧了。

　　我曾经从罗伯特·穆齐尔的著名小说中汲取灵感，把我们这个时代的道德称为"没有个性的道德"[1]。康德认为，我们的道德是建立在个体能够独立思考并以理性思考指导行为的前提下。我们的道德不是天主教、伊斯兰教或福音派式的道德，也不是尼采式的反道德。我们提倡的道德是一系列的价值和准则，我们认为其具有普适性，所以是抽象的和世俗的，不是基于任何具体信念。我们之所以如此拥护这些价值和准则，是因为我们深信事情本该如此。这种不含任何不安和困惑属性的道德，无法给人充分的安全感，同时也充满未知性，却使我们更具责任感，因为其承认我们更自由。与"真理使我们自由"相对立的观点是，真理不是任何人的文化遗产，即使真理确实存在，也仅限于一个含糊的、可以多角度阐释的表述。我们只需重读 1776 年《美国宪法》中那些"不言而喻的真理"："人人生而平等，造物主赋予他们某

1　罗伯特·穆齐尔，奥地利作家，代表作有长篇小说《没有个性的人》（未完成）。——译者注

些不可剥夺的权利，其中包括生命权、自由权和追求幸
福的权利。"抛去"造物主"不言，我们是如何使用这些
当今普遍承认的"不可剥夺的权利"的？我们是如何诠
释这些权利的？与之相应的义务是什么？面对诸如难民
潮这样的危机侈谈这些权利，是否有犬儒主义之嫌？[1]

　　缺乏个性的道德是模糊的，但未必令人生疑。这种
道德不会阻碍人的行动，因为任何道德要想得到发展，
必须基于这样一种观念：有些事情是不正确的，也是不
应该做的，而一旦出现错误，纠正起来也是有可能的。
但是，如果道德的构建不是基于怀疑论，那么它也不会
是像圣经故事说的那样，人面对善恶树不知何去何从，
需要抓住什么以求心安。道德建立在几个清晰而笼统的
信念——正义、和平、团结和尊重——的基础上，并且
需要以一种开放和对话的态度、用新的内容充实这些信
念，才能使其站得住脚。

1　维多利亚·坎普斯，《公民属性的滑坡》，PPC 出版社，马德里，2010。

　　对信念和行事准则的选择是哲学要考虑的问题，这不是对安全感过分怀念的普通大众需要考虑的问题。正因为如此，那些打着哲学散文旗号的自助类书籍才能大行其道。后现代主义特有的情感冷漠和道德冷漠与那些对不确定性零容忍、拼命寻求绝对真理的人的狂热相互冲击。

　　困惑和疑问会引起不适，所以各种极端思想应运而生，中庸怀柔的态度备受打压也就不奇怪了。最近这次金融危机让很多人无家可归，陷入贫困，甚至背井离乡，也让那些态度猖獗、奉行极端民族主义的政治势力获得了滋生的土壤。现在我不想讨论那些激起中世纪式邪恶恐怖迫害的宗教势力，也无意讨论恐怖主义本身，而是希望通过讨论恐怖主义的独裁专制来探讨民主的要义。近乎狂热的极端主义是对坚定信念的渴望所带来的恶果。把这种狂热命名为"民粹主义"，就更容易获得那些失无所失、时刻准备着手刃仇敌的卑微民众的支持。在所有极端主义的根源中，都有一种对权力的渴望，这种渴望很容易被救赎的思想所掩盖。因此我们再次陷入了那种被宗教普遍利用的怀旧情绪，这种情感在当代主要体现在世俗生活中。

　　上文提及的极端主义有两个特征。极端主义者寻求群体的庇护，那些在群体中形成的简单而易于表达的、一致性的信念被当作毋庸置疑的真理。就像凯斯·桑斯坦所说的那样，群体归属感是人性利己主义的本能。我们不仅自私而且排他，尤其在面对未知领域，不知身处何地、如何思考、如何决策时，以群体的名义思考会给人以舒适感。"当人们置身于由思想一致的个体组成的群体时，尤其容易走向极端"[1]，因为极端思想通过一个象征性的标签就可以将各种立场简化。比如一个人是独立主义者还是统一主义者，支持以色列还是巴勒斯坦，是愤怒派还是乐天派。二分法有助于分类和定位，然后让人不加思考地站在某个立场上。以色列歌唱家诺雅因为宣传自己是和平主义者，在巴塞罗那演唱《不能忘记》时备受责难。美国歌唱家马太·保罗·米勒在贝尼卡西姆

---

[1] 凯斯·桑斯坦，《走向极端：思想如何集散》，牛津大学出版社，牛津，2009。

音乐节上因为拒绝自称反犹太主义也遇到过同样的问题。

置身某个群体可以更舒适地在这个世界上立足。共享某些约定俗成的观念可以赢得信任，而这种信任是政治机构无法制造的。个人在群体的庇护下会感觉强大。桑斯坦因此说极端分子是利他主义者：他总是倾听和传播群体的声音，而掩盖自己的声音。阿摩司·奥兹在一篇令人回味无穷的散文里说到了宗教狂热[1]，并指出极端主义的立场可以在电影《蒙提·派森之布莱恩的一生》中窥见一斑。主人公走进人群，对大家说："你们所有人都是独立的个体。"人群热情高涨地回应："我们所有人都是独立的个体。"而只有一个人羞羞答答地说："只有我不是。"然而这是徒劳的，没有人愿意倾听这个人的声音，人们都反对他，让他闭嘴。持异见的人令人反感，应该把他排除在外。

极端主义的第二个特征是盲目乐观。极端主义相

---

1 引自阿莫斯·奥兹所著《反对宗教狂热》（马德里，2003）。

信自己捍卫的信条将取得成功，因为如果不这么想，这些信条的根基就会被撼动。救赎的理念是乌托邦思想的基础。人们不再询问如何到达天堂，因为他们默认乌托邦的建造者已经对天堂轻车熟路。有了乌托邦的前车之鉴，我们这个时代的政治运动不再标榜极乐世界，而是认为这个世界必须建立在一个充满矛盾和边界的现实中，也就不足为奇了。正是因为这个原因，他们热衷于寻求不确定性：既非右翼也非左翼，既不是共产主义者也不是社会民主党人，他们不以政党自居，而将自我定位为"圈子""交汇"和"运动"。诸如此类的新名词层出不穷。

可以确认的一点是——就像埃里希·弗罗姆[1]说的那样，对极端立场的热衷是"对自由的恐惧"[2]。自由是所有人崇尚的理想，没有谁会拒绝自由，但是实现自由之

1　埃里希·弗罗姆（Erich Fromm, 1900—1980），哲学家、心理学家。提出弗洛伊德的马克思主义。主要著作有《逃避自由》《健全的社会》《马克思关于人的概念》等。——编者注

2　埃里希·弗罗姆，《对自由的恐惧》，佩德罗斯出版社，布宜诺斯艾利斯，2008。

路充满艰辛。面对真理的自由是一种积极的自由，它代表着自我管理和不随波逐流，同时也意味着内心的孤独和不安。这种自由要求我们为自己的行为负责。对极端"单边思想"的逃避，对自由的逃避，终将陷入对群体的依恋和满足中。

态度狂热的极端主义者主张极端立场。20世纪有各种极端立场的极致演绎。当然，现如今我们生活在民主的氛围中，民主政治崇尚对话协商，捍卫个人权益，这就使宗教狂热丧失了滋生的土壤。但是我们不禁要问，我们是否真能够对单边思想免疫？仅仅生活在民主的氛围里是否足以与那些不够民主的立场抗衡？为此，我们要本着怀疑的态度，深入研究为什么会出现一些与民主本质相违背的现象，如拒绝遵守会妨碍我们履行承诺的法律。在独裁和无政府主义之间存在着另一种可能，那就是法治，法治是任何民主主义者都不该违背的准则。

如果说有什么是哲学和道德应当全盘否定的，那必然是安于现状。苏格拉底早就说过，"未经检验的生活不

值得过"。时刻问自己在做什么、想什么、人生的愿景是
什么，分析周边环境，不被环境左右，探寻制约我们的
条件，约束自己的良知，时刻内省，是自古以来经典哲
学和道德所提倡的。我在前文中提到过，我们这个时代
的危险之一是被狂热的极端思想左右，而与之相对的另
一个危险则是情感冷漠，随波逐流。

关于这种冷漠，托尼·朱特的书《有点不对劲》[1] 写
得极好。我们犯过很多错误，丢失了很多不容置疑的原
则，如果没有提问和怀疑，我们将很难走向有意义的未
来。朱特说我们现在处于两个极端：一是极端个人主
义，主要表现在原始的新自由主义；二是回归已经失败
的左翼阵营。我要再次重申，怀疑的态度指的是懂得在
两个极端间采取折中的态度，坚守那些使得欧洲乃至整
个世界进步的价值取向，但是时刻谨记扪心自问保留这
些价值取向的方式方法是否合理。朱特指的是社会民主
主义，在欧洲，这一思想到 20 世纪 80 年代被大多数人

---

1 托尼·朱特，《有点不对劲》，托鲁斯出版社，马德里，2010。

接受，甚至取代了共产主义的地位，成为实现社会平等
的典范。

30 年前，因为新自由主义的失调，社会民主主义
中断发展，由此衍生出一系列的提问和怀疑。我们不是
要怀疑一切，因为有些事情可以逐步学习；我们不是要
空谈大同社会，也不是要描绘一个无法实现的乌托邦式
的蓝图，而是要坚持正确的价值选择。朱特的表述十分
精彩：

> "我们知道自己不喜欢什么：从 20 世纪的
> 苦涩经验中我们深知，有些事情国家是无论如
> 何也不应该做的。我们挺过了一个各种教条用
> 不容置疑的口吻告诉我们'政府不惜以武力提
> 醒个体如何行事'的时代。我们不能回到这样
> 的时代。"

怀疑不会使人瘫痪，因为我们知道有些地方不对头。
不管终点多么遥远，总有目标明确的一天。正如福利国

家的缔造者贝弗里奇勋爵所说，政府需要考虑的是，"在何种情况下群体才能享受应得的生活"。这个问题也许在当时得到了很好的解决，但长远看来还需要重新规划，就像朱特评论的那样，"也许这些问题会得到妥善的解决，但是如果我们连问题都没提出来，又怎么会知道如何解决比较好呢？"

    怀疑不是全盘否定制度，也不是把过去全盘推倒重来，而是承认某些价值观念，比如自由，但这种承认是出于信服而非委曲求全。自由是有限度的，因此我们必须考虑这个限度是什么。平等是一个不可背离的目标，我们认为要实现平等就应该重新进行财富分配。财富分配有很多形式，但并不是每种分配方式都能带来好的结果。难道我们不需要先搞清楚财富究竟是什么吗？如果真的像新自由主义所主张的那样，渐进经济税收体制一定会摧毁财富吗？相反，公平税收政策都是必要的吗？这些政策一定能使国家经济健康发展吗？通过国内生产总值丈量经济发展是出于什么考虑？是为了掩盖日益扩大的贫富差距吗？如果限制自由是出于公共利益考虑，那该怎样制止用不正当手段致富的行为、扭转收入不平等的局面？

　　问题上升到这一高度，我们更不能轻视社会民主主义。恰恰相反，我们认为这是现今最佳的选择，而这一选择正面临危机。一方面，因为这一制度危及强大的既得利益者的利益；另一方面，因为弱势群体的无知和惰性，毕竟他们也是逐步从危机走向新生世界的一分子。没有什么能长盛不衰，即使是那些最坚不可摧的信念也会变化。所以面对未来世界可能被摧毁的威胁，适度的恐惧不失为一剂良药："如果我们希望构筑美好的未来，我们应该充分认识到，即使再强大的自由民主国家也有覆灭的威胁。坦率地说，如果社会民主有未来，它将是充满恐惧的社会民主。"[1]

　　蒙田知道怀疑和谦虚的思想会使人获得内心的自由。当一个人怀疑霸权思想时，是内心的自由促使他这样做的。然而，怀疑的态度不是孤立的。古希腊时期就奉行

1　托尼·朱特，《有点不对劲》，托鲁斯出版社，马德里，2010。

民主制，不是因为与君主制或寡头政治相比，民主制是最优的政府执政形式，而是因为它最适合治理我们这些无知或认知有限的人。没有人能够睿智到让政府相信他会做得很好。因此，为了形成一种自由的意识，仅仅对那些强加给我们的事物提出怀疑是不够的，还是要传播怀疑，鼓励讨论，以便找到最佳方案和支持这一方案的论据。汉娜·阿伦特出席艾希曼的审判时，得出这样一个结论：人之所以为人，是因为人有思想，行动上参与犹太大屠杀的人首先在思想上参与了犹太大屠杀。"三思而后行"是人们应该做的，因为"当一个人思考时，共同经验就消失了。思考这一行为意味着远离表象，也就是共性"。这也是政治的价值所在，菲娜·秘鲁莱斯在她关于阿伦特的研究中解释道，与柏拉图提倡的精英理论不同，阿伦特深信"幸运的是，思考不是少数人的特权，而是以群居为根本、无法独立存在的生灵的本能"。这一思想是政治的核心，或者应该是政治的核心。

秘鲁莱斯[1]指出，将阿伦特的观点放到政治领域中，

---

1 引自菲娜·秘鲁莱斯所著《没有遗嘱的遗产：汉娜·阿伦特》（巴塞罗那，2007）。

可以阐释为两种模式——单打独斗式的和关联沟通式的；或者两种行事方式——表现式的和沟通式的。根据第一种模式，政治由英雄人物演绎。按照第二种模式，公共空间是一个建立在平等团结基础上的协商空间，用于交换想法和见解。这让我联想到第一章安提戈涅和伊斯墨涅之间的冲突：前者是单打独斗式的人物，后者是关联沟通式的。后者是民主所需要的，这是每个人都能得到的，它避免了极端立场，这是在必要的变革面前避免妥协的最佳方式。

3 让我们从此温和起来

Moderémonos

　　两极之外的第三种选择也许并不具备吸引力，但它是我们这样一个充满不确定性的时代的特殊产物。这看起来是人们情非得已的选择，至少这样就不会牵连到他人。情况总是如此，一切怀柔温和的举措总不被看好。温和被看作是缺乏激情的标志。宗教给出了最好的例子：他们有温和的信徒，这些信徒很理性，在想清楚各种禁忌的原因、出处和服务对象之前，他们不会盲从盲信。然而温和的伊斯兰教或天主教难于吸引更多的人。内容不涉及丑闻的新闻谈不上新闻。当西班牙与天主教会等级制度在堕胎合法化立案等问题上出现冲突时，没有人愿意听天主教徒的声音，他们反对堕胎，但是能接受其他人这样做。如果看看政治的进程就会发现，极端民粹主义和分裂主义收获了大量忠实的追随者，而那些温和的流派却做不到。

最终还是蒙田和他的怀疑理论帮助我们理解到温和谦卑才是与自己、与他人和谐共处之道。蒙田生活在一个宗教极端主义盛行的时代，当时的大多数战争（不是全部）都源于天主教徒和新教徒之间的冲突。那个时代，很难让人们相信生活的平庸，只有那些所谓"人性长存"、带有警醒意味的劝解才能深入人心。

"没有什么比举止得体的人更美丽、更合理，没有什么比过上好而自然的生活更艰难，我们的通病中最野蛮的就是妄自菲薄。"[1]

"在我看来，最美的人生是那些平淡无奇的人生。"[2]

蒙田对教条主义者嗤之以鼻，他更仰慕斯多亚学派

---

1 《蒙田随笔》，第三卷，13。
2 同上。

的圣人，一个能够调整情绪、公允判断的人。通常人们
对文艺复兴式的张扬表现出仰慕之情。蒙田则不同，他
略带嘲讽地说："那些超然的幽默让我恐惧。"蒙田与表
面看起来的不同，他不是一个保守主义者——莎拉·贝
克维尔如是说——他是叛逆者。蒙田的反叛表现在对他
所处时代的挑战。他不看重提升和挑战，而更看重"好
奇心、社交能力、慈悲心、友谊、适应力、自我检省、
换位思考的能力和'善意'，而这些与那个时代的激情似
乎格格不入"。[1]

　　蒙田推崇的平庸是寻求内心自由的法门。斯蒂芬·
茨威格[2]看得很透彻，他在传记作品中提到哲学家的苦
难时就好像是他自己的苦难一样，因为即使在他生活的
时代，在发生两次世界大战的欧洲，人们很容易被狂热
分子所吸引。蒙田说，保持自身完整性的要领不是自问
"如何生存"，而是"如何保持完整的人性"，然而那个时

1　莎拉·贝克维尔，《如何生活：与蒙田相伴此生》，阿里尔出版社，巴塞罗
　　那，2011，P.249。
2　斯蒂芬·茨威格（Stefan Zweig，1881—1942），奥地利作家。代表作有《一
　　个陌生女人的来信》《象棋的故事》《心灵的焦灼》等。——编者注

代的人并不赞同这种观点。毕竟没有人能够回答后面这个问题，每个人必须自己找到答案。保持内心的自由并不容易。茨威格的观点是这样的：

> "只有那些在战乱、暴力、专横威胁个人安危的时代幸存下来的颤抖灵魂，才会知道在疯狂的群体中独善其身是何其不易。"[1]

就像人们常说的那样，复杂问题没有简单的解决办法。所谓"复杂问题"，不是那些吸引大众眼球的问题，而是受制于政治力量和可行性，难于兼顾正义、平静和礼节的问题。

两党制的民主让我们习惯于在两个对立的极端之间摇摆不定：一党执政，一党体制化地进行反对。很遗憾我们没能像罗尔斯主张的那样把理性引入我们的民主文化。让我们先从字面意思上理解一下"理性"。理性

---

[1] 摘自莎拉·贝克维尔，《如何生活：与蒙田相伴此生》，阿里尔出版社，巴塞罗那，2011，P.270。

不代表合理。理性是人们行事的准则，其中不乏目的性——旨在达到某些特定的目的，并寻求达到这些目的的手段。我们是理性的，因为我们能够为自己设定目标，并为实现这些目标提供最有效的工具。理性是一种虚拟工具。经济学分析了所谓"合理选择"是否能够达成目标，这是实现目标的最有效途径，而这些目标本身并没有被讨论。这种以经济合理性[1]为行事准则的行为，被深受其害的法兰克福学派[2]唾弃，他们认为这是启蒙运动失败的标志。我们要讲的理性是另一回事，罗尔斯认为，没有衡量理性的准绳，因为没有人是代表理性的权威，但是只要有遵循正义的原则和意志，我们是可以实现理性的。

1　社会学家马克斯·韦伯对"社会行动"定义的四种理想类型之一。目的 /
　　经济合理性行动是指通过对外界事物的情况和其他人的举止的期待，并以
　　这种期待为条件或手段，以期实现自己合乎理性所争取和考虑的作为成果
　　的目的的行动。

2　法兰克福学派，"西方马克思主义"的一个流派，是以德国法兰克福大学的
　　"社会研究中心"为中心的一群社会科学学者、哲学家、文化批评家所组成
　　的学术社群。创建于 1923 年，由法兰克福社会研究所的领导成员在 20 世纪
　　三四十年代初发展起来，以批判的社会理论著称，其社会政治观点集中反映
　　在 M. 霍克海默、T. W. 阿多诺、H. 马尔库塞、J. 哈贝马斯等人的著作中。
　　该学派的理论来源主要是马克思关于分析批判资本主义的理论和"西方马克
　　思主义"卢卡奇等人的理论。

理性是将针对某一问题的不同观点综合起来的必要
条件。所谓"理性"，就是要以不极端、不对抗的态度协
调各方，达成一致。罗尔斯说，要做到理性必须放下那
些意识形态特征鲜明、不容置喙的"教条"，只有这样才
能实现对话。在任何争论中，各方都应表现出理性，尽
量用对方可以听懂并接纳的话语。否则，对话就只能是
聋人间的对话，没人倾听，所有人都大喊着试图让其他
人接受自己的观点。

原则立场，上帝、国家、历史和种族认同等概念都
是阻碍人们理性讨论的障碍。有原则不是问题，问题是
在任何情况下都顽固坚守这些原则而不加变通。我们可
以相信——至少我个人这么认为——有些原则本身就是
错误的。在我看来，那些认为上帝可以协调人际关系、
决定善恶的人是错误的；那些认为财富的重新分配只是
出于慈善而非正义考虑的新自由主义者是错误的；那些
把加泰罗尼亚独立作为解决与中央政府矛盾的唯一途径
的人是错误的。有些原则是错误的，言论自由是一项自
由权利，应当允许一个人在行使这一权利时犯错误，这

不应受到谴责。我们应当口诛笔伐的是那些被视为放之宇宙皆准、不容置疑的原则，其本质是不民主的。一个人可以自由选择是否信奉上帝，也可以在自由主义和主权主义间做出选择。而那些通过强制手段、政治力量或道德枷锁把某些禁忌强加给他人的行为，确实是反自由、反民主的。宗教狂热的根源——理查德·黑尔写道——是人们发现自己"拒绝或无力进行批判性思考"[1]。宗教狂热和宗教激进主义表现在不同层面，不仅体现于宗教层面，而且并不总是在民主框架以外。比如，救死扶伤是医生不容置疑的职责，如果是一个狂热的医生，他会把他的宗教信条看得比病人的生命更重要。也就是说，使一个人变得狂热的并不是信条本身的内容，而是他看待这些信条的态度。

因此，从理性思考的角度出发，转变态度，使之与我们生活的这个以民主、正义为普世价值的世界相适应，是道德的目标。亚里士多德比任何人都清楚，道德的核

1　理查德·黑尔所作《宗教狂热与反道德》发表于《道德思想》，牛津大学出版社，牛津，1981。

心在于美德的承袭。这与其说是行为规范和义务的问题，不如说是调整个人行为，使其与群体需求和个人发展相适应的问题。四种基本道德——审慎、正义、进取和克制——是亚里士多德式道德的核心，后来发展成为基督教倡导的实现个人和群体幸福的处世准则。

不知我们现在怀念的是这四种道德，还是其他道德准则。从亚里士多德所处时代到现在，这些道德已经不仅是自由人的品质，而是法治国家公民的美德。除了传统美德，当今社会还要求公民宽容、团结、尊重和节制——这并不是说传统美德已经过时了。然而，如果近年来人们对这四种传统美德能够引起足够重视，近年来的金融危机也不会达到如此规模。毫不夸张地说，全球范围内的放松管制和责任缺失，喻示着宽容、节制这两种道德的欠缺，也导致人们不能以进取的心态和决绝的勇气采取措施，以避免恶果蔓延；正义的原则更是受到领导者的漠视，而领导者却是唯一可以通过制定再分配措施调节"市场暴行"的人。

　　有趣的是，前面提到的四种亚里士多德式的道德准则是中庸。正如这位哲学家所说，美德的至高标准是"中庸"。学会避免极端、克服缺点，相当于学会做一个好人。一个谨慎的人知道如何以中庸之道做出正确的决定。这需要一种不仅是理论上的，而且是实践上的智慧，这种智慧可以随时修正自我行为。而节制是指适度调整愿望："不能过分"，就像神谕里说的那样。在无法用中庸之道做出决策的地方，勇气和正义也无法结出硕果。勇敢是不畏怯。为了实现正义，就要控制厚此薄彼的自然冲动。古希腊有一个概念叫"索福罗西纳"，是对我们所谓的审慎、温和、克制这些概念的总结。与之相反的"伊布利斯"，意味着失衡和过激。通过"索福罗西纳"可以达到身心的平衡与和睦。不要忘了，亚里士多德的道德理念从当时的医学中汲取了很多思想，比如不同肢体感官平衡的概念。

　　亚里士多德将道德的重点放在温和怀柔上面，与柏拉图不同，他更关心现实而不是思想。就像蒙田一样，他注重经验和经历。在他看来，道德的主战场在习俗层

面，而不是真理和智慧，因为一个人只有在实践中才能
变得高尚，而不是通过学习或理论思考而变得高尚。亚
里士多德的理论强调将人性与神性区别对待，承认人性
的局限性。在我看来，皮埃尔·奥邦克是研究亚里士多
德的学者中最有远见的一位，他对审慎的认识无人能
及。他注意到，在一个既不逃避命运也不逃避机会的世
界里，审慎是一种通过实践学到的美德。按照亚里士多
德的说法，审慎是人类生理性和偶然性结合的产物，也
就是说，这是无法理解的。在诸神的世界里，一切都具
有可知性，一切都是井然有序的，不存在任何偶然性，
因此也就不需要道德。而在人的世界里，一切都是偶然
的和不确定的，所以不得不采取审慎的态度。我们必须
审慎，因为我们不确定我们是否做得对，也不确定我们
是否采取了恰当的措施以实现目标。审慎意味着权衡、
深思熟虑和集思广益，因为面对不同的人群和不同的情
况，温和怀柔的意义不尽相同。审慎的美德是雅典民主
的一个基本组成部分，雅典在此基础上建立了五百人议
会，旨在在做出重大决策前进行协商：这对当今不时卷
入党派之争的现代民主议会十分有借鉴意义。现在的各

类政党试图通过所谓的"新政"实现公民的参与权，以避免决策失误，对此我们只能拭目以待，但愿他们有成功的运气。尽管民主是一种平庸的制度，但它是一切可行制度中的最优选项。民主制度之所以平庸，是因为决策时过分依赖少数知识精英的观点，而他们也远非无所不知。

根据阿拉斯代尔·麦金泰尔的观察，亚里士多德是一个保守主义哲学家，他只强调自己所处时代的绅士礼仪。我不否认麦金泰尔的观点，但我更赞同奥邦克的解读。他没有把亚里士多德式的道德看成"理性主义的胜利"，而是看成"局限条件下所表现出的智慧"。亚里士多德式的审慎——实践智慧——不仅是预防决策恐惧的措施，而且是坦然面对"人非圣贤，孰能无过"这一现实的勇敢态度。从这一层面来讲，就像奥邦克说的那样，亚里士多德的思想是一种充满悲剧色彩的思想，因为他的思想"排除神话色彩，从人性的角度赞美人；在承认道德并非至高无上的前提下，从道德的角度探讨人性，承认神性高于道德，或者说道德是人们基于人与神之间的差距构建起来的。"[1]

　　用神学意味不那么浓厚的语言来说：因为我们永远无法保证自己是对的，所以我们需要道德。也正因为如此，道德应当以谦逊、节制为基础。有这样一个人，他做到了以温和怀柔的方式将思想的完整性和意识形态的决定性结合起来，却被当代的激进人士批判为保守主义者。我说的这个人就是阿尔贝·加缪[2]。如果我没有记错的话，加缪曾经说过，如果有一个不那么固执己见的政党，他将会毫不犹豫地加入。加缪是反叛的，但他不是一个革命者，他不允许自己的反叛使自己走上革命的道路。

　　加缪在他因不幸早逝而无法完成的作品《第一个人》中回忆起给在战争中去世，自己几乎不怎么了解的父亲扫墓的情景。加缪说自己的反叛产生于那个时候，其实

1　皮埃尔·奥邦克，《亚里士多德的审慎》，克里蒂卡出版社，巴塞罗那，1999。

2　阿尔贝·加缪（Albert Camus，1913—1960），法国哲学家，存在主义主要代表之一。认为人生是荒谬的，人不能理解世界，但又不能屈服于这个世界，只能以"反抗"的方式去肯定人生，给予人生以价值。代表作有《局外人》《瘟疫》等。获1957年诺贝尔文学奖。——编者注

那并不是反叛，而是"一个男子在一个死于不公的孩子坟前触景生情——那是某种反自然的存在，一个儿子站在去世时比自己还年轻的父亲的坟前"。一种面对荒谬的现实而产生的反叛，就像他在《西西弗神话》里说的，"因人性的需要和与这个无端沉寂的世界的对质而生"。反叛与荒谬的现实相抗衡，世界是非理性的，而人性渴求确定性。加缪的反叛也是对两者相互矛盾的抗议，他的反叛本是为了化解混乱。加缪的与众不同之处在于他从未放弃寻找，反叛对他来说只是一个起点，而不是故事的结局："接受围绕着我们的荒谬只是第一步，这是有必要的，但不能陷入其中无法自拔。"相反，在有组织的革命中，人们寻求团结的愿望最终屈服于整齐划一的信条。法国大革命最终转化成要求祖国统一。马克思主义也在寻求理性与非理性、本质与存在、自由和需要之间的和解。法西斯主义企图挽救种族纯洁性。但是加缪说，"整齐划一无异于阉割"——对个人独立和自由的阉割。所有革命都源于对自由的渴望，因为自由是实现正义不可或缺的条件，然而革命到达一定程度又难免会限制自由。只有目标明确了，法律的强制性才会因不合时宜而消失。在实现理想社会的过程中，一切牺牲都是相对的。有一种说法是，"如果为了公平而抑制权利，那么权利将永远受到压制，因为当公平君临天下时，权利已经失去了开口的机会"。绝对公平盛行的地方会是一片沉寂，因为"绝对公平否认自由"。

加缪一生都在为这一原则奋斗。为此他反复推敲这样一个理论——目标比过程更重要，只要能达成目标，使用什么样的手段不重要。但他最终得出的结论却与之相反："需要不择手段达成的目标一定不是正义的。"达成目标的手段决定了目标的优劣，正是那些实现目标的途径让我们理解和调整我们的目标。如果在实现民主的过程中采用非民主的手段，最终的结局一定不是民主。"通过抹杀自由，建立起理想国，进而实现自由"是行不通的。

加缪不止一次拒绝"存在主义者"这个标签。他不赞成逐层递进地揭露事物的本质，他认为认识事物的本质要以承认事物的存在为前提。他不否认人性具有共性，但这种共性的具体的定义很难确定。忍受苦难和不公，可以让我们看清这些高远的词汇的本质，然而，"高远"永远是相对的。加缪认为如果毫无本质可言，那么我们也就不是什么客观存在。正是基于这种观点，他从根本上排斥"历史主义和历史信仰是价值观的源泉"这种论调。我们用于评价历史的价值体系本身就是超脱于历史的。加缪的反叛恰恰就是"拒绝被像器物一般对待，拒绝被历史所限制"。除了历史条件的限制，人类从更多历史无法重现、无法预见的事物中汲取灵感。

如果加缪有机会设计一套道德体系，那一定是基于适度原则的道德体系。他指出，没有任何道德可以摆脱现实主义，因为道德本身是与人性相矛盾的。因此，道德中体现的人性必须是适度的，而不是那种让革命者情绪高涨的"非人道的不公"。如果革命具有现实主义精神，也就不会轻视像艺术这样具有创造性的美的东西。"伟大的改革家都知道通过借鉴莎士比亚、塞万提斯、莫里哀和托尔斯泰等人的思想来塑造历史，他们理解人们对自由和尊严的向往。"人生具有偶然性，我们无法信任那些声称自己是对的、以真理化身自居的人。

托尼·朱特在一本纪念加缪的书《责任的重负》中写道:"在这样一种保守派和激进派矛盾尖锐的文化中,加缪是独一无二的……加缪的目标不是世人所谓的激进,而是极端主义本身。在《鼠疫》中,活在道德约束中的人不断出现,煽动这些人的,不是理想,而是不宽容、不妥协。"[1]

加缪不是一个无所事事的人,恰恰相反,他迷失在怀疑的海洋中。对于马克思主义左派来说,他是一个令人不安的人物。怀疑是评论、审视和自我反省的原则。他的怀疑与我们所处时代的冷漠截然不同,他的怀疑是远离乌托邦式解决方案的避难所。

让我们回顾过去,重新研究怀疑论的集大成者笛卡儿的思想。笛卡儿在《谈谈方法》中列举了探究真理应

---

[1] 托尼·朱特,《责任的重负》电子书。

该遵循的一系列方法，在第三部分谈到优柔寡断的错误。
他解释道，当一个人决定装修房子时，施工期间需要另
找住处。同样，在作为人们行动准则的道德领域，我们
不能奢望找到绝对真理，我们必须制定一套应用范围尽
可能广泛的道德标准。这些标准就像我们的指南，因此
具有"临时性"，我们可以随时修改那些不合时宜的部
分。"上帝给了每个人一盏灯来辨别是非。如果没有在适
当时机经过自己的判断做出选择、没有确定自己不是盲
目从众、没有确定这的确是最优选择，我是不会信服于
别人的观点的。"[1]

我一直认为，笛卡儿的道德标准接近于斯宾诺莎
的"国家宪法"。这位哲学家认为，道德的概念，甚至
美学的概念——好的、坏的、完美的、自由的等——都
不是后天习得的知识，而是通过"想象"获取的知识，
主张"描述而不是评价现实"的理性思考学说正是由这
些概念发展起来的。斯宾诺莎认为，人们基本上不"以

---

1 笛卡儿，《谈谈方法》，第三卷。

理性为向导"来指导自己的生活，然而生活仍然要继续下去，并且应当尽可能生活得更好。他因此下了这样一个定论："我们无法彻底掌握自己的情感，因此我们能做的最好的事情是为我们的人生制定一个正确的行为规范，这些规范应当是切实可行、能够应对生活中经常出现的状况、能够让我们随时参考的准则。"[1] 不论是笛卡儿还是斯宾诺莎，都不怀疑通过理性思考能够发现真理。他们只是认为，既然目标是如此遥不可及，那至少要抓住些什么才能继续前行。基于人性本身的局限性，我们不得不向"充满想象力，充满对话精神，经得起推敲"[2]的知识寻求帮助。生而为人，我们可以自主选择和决策，尽管随之而来的是各种风险。让我们以蒙田的话结束本篇：

> "人们是会犯错的。走极端总是容易的，与
> 宽敞开阔的中庸道路相比，我们可以把极端当
> 作界限和向导，人性使然；当然，怀柔中庸的

---

1 斯宾诺莎，《伦理学》，第一卷，附录。
2 我的这一主张最早出现在《伦理的畅想》（巴塞罗那，1983）。

道路也不是那么高贵，也不值得称赞。灵魂的
崇高在于有条不紊和自我节制，而不是一路高
歌猛进。灵魂更喜欢中庸的东西，而不是崇高
的东西。"[1]

---

1 《蒙田随笔》，第三卷，13。

4 寻找真理之路

La búsqueda de la verdad

哲学家中永远不乏怀疑论者。求知的欲望，推动了哲学的发展，同时也引发了人们在价值和认知体系方面的危机。康德的几个设问恰如其分地阐释了哲学家的使命：我们能够做什么？我们应该怎么做？我们有权利期待什么？还有最后一个重要的问题：人究竟是什么？不同于实验科学的大胆假设、小心求证，康德式的哲学命题具有普遍性，却并不针对具体事件做出回答。不得不承认，哲学理论不论好坏，本质上都是观点和信念。

尽管如此，我们还是需要保留一系列稳固且为人们普遍接受的信念，这样我们就不必凡事都从零开始。笛卡儿把怀疑一切当作寻求真理的方法，在我们这个实用

主义盛行的时代，这种研究方法是不合时宜的。像休谟
那样把怀疑论使用到无以复加的程度也是不恰当的。举
个例子来说，当休谟质疑实验科学所常用的归纳法时，
认为其不是放之四海而皆准的，因为很多时候无法避免
偶然性的发生。我们知道太阳每天都会升起，因为它一
直是这样的，但是谁能保证明天太阳一定会升起呢？这
是休谟的疑问。对归纳法有效性的质疑，说明仅靠现有
经验不足以制定必要的法则，也无法抹平价值判断的差
异。总而言之，不论是基于人类生理需要制定的法则，
还是根据价值判断总结的普世道德，其根本目的都是给
我们的行为提供依据。

伯纳德·威廉斯在《真理与真诚》[1] 的开篇说过，现
代思想是两种截然相反的思想的并流。其中之一是发
现真理，不被欺骗或操控，揭开表象、探求本质的意
愿。现在的人们把政治透明看作衡量好的政治制度的
首要标准，这就是这种思想的反映。然而，这一思想

1　伯纳德·威廉斯，《真理与真诚》，杜斯格斯出版社，巴塞罗那，2006。

与人们对真理是否存在的忧虑并存，历代的研究也证实了两种思潮之间的碰撞。对同一事实的不同解释似乎表明一切都是相对的，因为意识形态的缘故，观点的主观性是无法逾越的。纵然如此，我们还是掩耳盗铃般坚信，对同一个客观真理的解读不可能是截然相反的。真理真的存在吗？抑或真正存在的只是探寻真理的方法？也许这就是人们所谓的"真理"，谁会更接近真理？

对所谓消极论者和创世论者的排斥证明了某种真理的存在。那些偏执地拒绝承认犹太大屠杀存在的人，那些顽固地相信《圣经》中的神创论而抵触进化论的人，他们被称为无知者或骗子。他们甚至拒绝承认显而易见、毫无疑问的事情。说到这里，我不得不谈一谈人权问题。按照蒙田的观点，未知即野蛮。在我们这个时代，这一定义是不准确的。举个近在眼前的例子，像所有的恐怖主义一样，中东地区的恐怖主义组织践踏和无视的一项最基本的人权，即人的生命权。我们需要一些基本的真理帮助我们区分文明和野蛮。现在这些真理都可以在

《世界人权宣言》里找到。

人们常说，哲学问题是永恒的，是普遍的。此言得之，因为哲学问题没有一成不变的答案，这些答案表面上看有可能自相矛盾，但其内核却是人类进化过程中所固有的。在苏格拉底之前就有人对"正义"下过定义，然而"何为正义"仍然是当今哲学界的核心问题之一，只是人们在最初定义的基础上赋予了"正义"这个名词符合我们这个时代的新内容。正义是什么？正义是让每个人各取所需吗？假如一个人声称自己是罪犯，说他需要武器，应该给他吗？柏拉图的《理想国》就是从这个问题开始写起的，但我们至今无法为"正义"找到一个每个人都认同的定义。康德是最善于提问的哲学家。最令他满意的一个提问是：人究竟是什么？确实如此，所有的哲学都在琢磨人之所以为人的条件。这里所说的不是人的"自然属性"，而且根本不存在所谓"人的自然属性"，这一点在我们发现规定人的基本义务的"自然法则"无效而将其摒弃时，就已经不言而喻。我们需要探讨的是"人之为人的条件"，即我们过去是如何定义"人性"的，我们应该如何定义"人性"。就像埃赫尼奥·特利亚斯[1]所说，奥特嘉·伊·加塞特曾经在《我们这个时代的议题》中提问：20世纪人的特质是什么？奥特嘉本人的答案是"大众的一分子"。

"人之为人的条件"作为一个哲学问题，无可避免地结合了"人是怎样的"和"人应该是怎样的"这两方面的内涵。这其实是一个伦理学问题，它不仅局限于描述行为与意义，而且触及了价值观和道德标准的层面。用康德的话说就是，人类现象有一个我们无法感知的本体，但我们是通过这个本体来判断相关的现象的。康德在《实用伦理学》中明确指出这个"本体"存在于话语中。康德说，人类的状况已大不如前，"我们只剩下话语了"，这些话语唤醒了我们，拆穿了生活中的谎言并揭露了不适合我们永远生活在其中的东西。这些话语关系到人文社会层面，具有多层意义。这些话语的存在是为了给我们设定底线，提醒我们并非一切都是合法的。尊严、自由、平等，这些人权的基石都是抽象的概念，但却不容许随意解读。

1 埃赫尼奥·特利亚斯，《沿着真理的线索》，命运出版社，巴塞罗那，2004。

　　安东尼·帕戈登在研究启蒙主义时发现，一些启蒙学者，比如孟德斯鸠和狄德罗都曾经激烈批评中国文化，与他们同时代的人则盛赞中国文化。他们对中国文化的批评并不是因为中国文化是异域文化，而是因为他们认为中国文化的某些因素限制了他们的思维和视野。其中之一就是文字，一种未能发明字母的文明（乔治·安森认为，"字母是一种神圣的发明"），需要投入大量时间来学习。"这些文字无法解读，对过去几个世纪取得的科学成就来说，这是巨大的挑战。"狄德罗认为，唯一的科学成果是语言，而仅靠语言"甚至不足以应对日常生活"。[1]

　　这一评论让我想起博尔赫斯的《博闻强记的富内斯》，其中有一个能够记得生命中每一个细节和瞬间的人。如此惊人的记忆力不是优势而是一种负担，因为这使人无法对几件事进行类比，从而限制抽象思维的发展。尼采一贯抨击普遍真理的原因在于它是从抽象思维中汲取灵感的。每个人都有一个名字，我们通过名字来

1　安东尼·帕戈登，《启示：为什么它仍然重要》，兰登书屋，纽约，2013。

区分每个个体。一些所谓的"统称"——树木、颜色、真诚——则相反，我们无法通过"树木"之类的统称来区分每一棵树，也无法通过统称来区分每一种颜色或每一个关于真诚的具体事例，因为每个个体都具有特殊性、不可重复性，仅仅通过抽象思维无法为其命名。

尼采说的"没有真相，只有对真相的解读"有一定道理，也失之偏颇。我们所解读的真相都是有选择性的，但这并不意味着真相不存在。无论如何，这些解读都或多或少基于真相，对真相的解读与其说是基于纯粹的事实，不如说是基于一定的共识。维特根斯坦说得再清楚不过了，这些共识使我们能够相互理解。接下来我将深入讨论这一观点对伦理学和政治学的影响。

就像杰里米·边沁[1]所说，也许所谓"人权"不过是"黄粱一梦"。但人权也是大多数人普遍认可的幻想，通过这些幻想才能彰显人性的尊严。皮科·德兰·米拉多

---

1 杰里米·边沁（Jeremy Bentham, 1748—1832），英国伦理学家、法学家、哲学家，资产阶级功利主义学说的主要代表。——编者注

拉对尊严的定义最为精确。他在《论人的尊严》里写道，人具有畜生（我们现在所指的非人类的动物）所不具有的尊严，因为人可以自主选择如何生活，在选择的过程中，人的生命也会波澜壮阔、跌宕起伏。普世权利和普世价值界定了人之所以为人的条件。

人权是否具有普适性？从道理上讲，人权的确具有普适性，对人权的定义同时界定了人之所以为人的条件。但事实上，真正实现人权还任重而道远。不要混淆这两个方面。反映价值观的话语——尊严、自由、和平等——说明了人应尽的义务和行为准则。康德认为，这些都是我们评价事物的准则。这些准则，从人的义务角度来看，是放之四海而皆准的，因为这是人之为人的条件所在。

理查德·罗蒂[1]是当今世界最能代表后现代主义的实用主义和怀疑主义思想的哲学家之一。他从哲学角度对

---

1 理查德·罗蒂（Richard Rorty, 1931—2007），当代美国最有影响力，且具争议的哲学家，也是美国新实用主义哲学的主要代表之一。主要作品有《实用主义哲学》《哲学的场景》《哲学与自然之镜》等。——编者注

普世价值进行的分析无人能及，但这种分析就像哲学本身那样是徒劳的。尽管哲学是徒劳的，但他还是一往无前，就像他在《哲学和民主》中提到的那样。作为约翰·杜威实用主义哲学的继承者，罗蒂并不认可纸上谈兵式的哲学，他强调实践是检验真理的最佳方式。他宣称："如果我们担心自由的问题，真理将不言而喻。"说得更明确一点儿就是，如果我们没有对性别歧视、种族歧视、宗教狂热、贫穷等问题所带来的后果进行过反思，我们就不能任意评判这些现象。真理是言论自由的产物。罗蒂认为，人权问题"就像夸克之间的关系，夸克之间相互依存，联合国大会或皇家学会讨论人权问题时亦然"。[1] 或者说，对人权问题的讨论可以帮助我们构建更为人们广泛接受的道德体系。

斯蒂芬·图尔敏在《回归真理》中也做了类似的评论，他试图调和理性主义和实用主义之间的矛盾。理性原则确实存在，哲学需要做的是不断适应新形势。图尔敏

1　理查德·罗蒂，《真理与进步》，佩德罗斯出版社，巴塞罗那，2000。

回顾了道德哲学在试图回答医学和生物医学实践中出现的问题时所经历的发展，他发现随着病人的自主权的越来越大，对医疗服务和相关领域研究的要求也越来越高了。把医疗科技和哲学所带来的道德智慧结合起来并不是一件容易的事情。所谓"应用伦理"不应该脱离实践而仅限于理论层面。图尔敏解释说，伦理道德不是冷酷的计算，而是在感知到离弃、贫困、残忍和各种邪恶后从"心底发出的回应"。图尔敏引用了亚里士多德的话，"只有见到残忍才能意识到它的存在"。[1] 生物伦理学家一直争论不休的问题是，伦理应该基于理论原则还是具体情况具体分析。事实上，两者之间并不矛盾，反而互为补充。从具体情况出发进行分析和评估，意味着头脑里已经有不容置疑的价值选择。一个称职的医生在诊断病情和开出药方的时候，无法背弃专业知识，包括伦理知识。同样的道理，如果我们只通过原则抽象地判断什么是正义、公平和尊严，如果我们不用心发掘这些原则在应用于具体情况时有哪些缺失，理论研究就会失去意义和影响力。

---

1 引自斯蒂芬·图尔敏所著《回归真理》（巴塞罗那，2003）。

　　让我们回顾一下启蒙思想或者后现代主义。如果只有见到残忍才能意识到它的存在，或者像罗蒂说的，选择自由意味着把残忍当作世界上最糟糕的事情，那么这种观点的趋同只能归因于人性的共同点和同情心。一定有什么东西将我们联系起来，哲学——还有政治学——就是为了发现是什么东西将我们联系起来，再为其命名并证明其存在价值的学问。如果有什么能证明我们是理智的，并且能够在语言中反映理性和逻辑，那就有可能将理性和非理性区分开来，确认人权是人类理性的最佳体现。崇尚多元不意味着追求不同，而是要尽可能通过对话协商的方式发现诸多不同事物的相同之处。由于冲突和分歧的存在，民主制度才可以以一种追求共同利益的方式发挥作用。

　　以"人是万物的尺度"而闻名的普罗泰戈拉是智者学派的泰斗。他所说的"人"不应理解为每一个个人，而应该理解为"人"这个群体，这个群体才是衡量价值的尺度或标准。普罗泰戈拉的言论是"现实的社会构建"理论的滥觞，根据这一理论，现实不能脱离我们的观点

和解读而独立存在。为了使那些促进知识进步的真理能
够立足，我们唯有承认所有的知识都要依附于主体的认
知才能有效。在公元前的雅典，智者学派就已指出我们
活在舆论而不是信息当中。因此要通过法律来区分是非，
法律属于常规而不是自然或物理领域。不同文化背景的
人有不同的需要，这也就解释了为什么法律会因文化不
同而存在差异。

　　伏尔泰在其著作《无知的哲学家》中列出了一个"问
题清单"，其中一些问题是关于道德的。道德具有普适性
吗？正义与非正义的概念在所有的文化里都存在吗？如果
存在的话，是从什么时候开始存在的？"从我们知道二加
二等于四的那一刻起。"——他自己这样作答：

　　　　"我认为正义与非正义的概念是如此清晰，
　　　就如同健康与疾病、真实与虚假、相生与相克
　　　等概念。一般其意义不言而喻，但很难在正义
　　　与非正义之间设定界限，这与很难界定健康还
　　　是疾病、相生还是相克、真实还是虚假是同一

个道理。"[1]

来自不同文化的人对现实的解读不同，这本无伤大雅，"人性的共同点"让我们能够从人道主义的角度理解差异。这是康德的梦想，也是理性的要求。在亚里士多德的著作《普罗泰戈拉》中，普罗泰戈拉关于道德教育的观点更发人深省。为了说明道德的必要性，亚里士多德引用了普罗米修斯的神话——人们从普罗米修斯那里学到了技能，从而获得了食物、服饰和住宅等生存所必需的东西，他们学会了沟通交流，却散居各方，没有建造城市，因为虽然他们有技术，但他们缺乏"政治的艺术"。这种情况有可能造成人类种群灭亡，宙斯因此派赫尔墨斯下凡教授人们两项美德，即相互尊重和正义。赫尔墨斯告诉人们这应该是所有人都具有的美德，而不应该仅限于少数人，因为"如果这只是少数人的品质就无法建造城市"。普罗泰戈拉解释说，道德并非人的天性，但是每个人都应该具备道德。换言之，在一个文明社会

1　伏尔泰，《无知的哲学家》，弗拉马利翁出版集团，巴黎，2009，P. 88。

里，尽管道德并不是天生的，每个人的道德水平也不尽相同，但是每个人都应该讲道德[1]。

　　普罗泰戈拉对道德价值取向的普适性做出了恰如其分的解释，并提供了一个务实的理由，即我们只有遵守道德才能实现人类社会的终极目标，即和谐共生、互惠互利。虽然时间相隔甚远，康德和 17 世纪的启蒙思想家们还是以智者学派的观点为基础，遵循理性原则起草了一系列道德规范。

　　伦理价值（尊重、尊严、自由、平等）的抽象特质，使得它们能够上升到"真理"和普世价值的高度，没有这些价值，伦理就无法存在。正如我前面所说，伦理价值的抽象特质并不妨碍人们根据情境进行不同的解读。1948 年起草的《世界人权宣言》是对 1789 年《人权和公民权宣言》的扩充。伦理的核心价值在不断演变和充实，但是如何恰当解读和实现这些价值仍然任重道远。亚里

_____

1　W. K. C. 格思里，《智者学派》，剑桥大学出版社，剑桥，1971，P. 65-66。

士多德说伦理不是目的而是手段。从道德伦理的角度出发，人文精神的终极目标是构建一个和平、互利、平等、公正的社会。这些价值选择对伦理来说就是真理，也是人类存在的终极目的。哲学的任务是揭示这一目标，而政治的任务是实现它。

宗教狂热主义者看待事物时将目的和手段混淆了，他们理所当然地认为，只要目的反映了良好的愿望，实现它时就可以不择手段。世俗道德和民主制度接受不确定性和怀疑，接受多元观点，并力求更好地理解基本价值观。他们不赞同拿破仑式的逻辑，"对法国人有利的就是对全世界有利的"。哈贝马斯明确指出，伦理的发展、关于理性的大讨论，只能基于沟通和各种主观意志的交流碰撞。就像理查德·伯恩斯坦说的，当我们不能完全赞同"马克思的理论和他对革命的信心的时候"，除了采取相对客观的态度，我们别无选择。伽达默尔、罗蒂、阿伦特和哈贝马斯等哲学家也持类似观点。[1]

---

1 理查德·伯恩斯坦，《超越客观主义和相对主义》，剑桥大学出版社，剑桥，1983。

　　罗蒂指出，只要有自由，真理就不言而喻，对于这样过于大胆的观点，我们不能过分相信。相反，过度自由让我们付出的代价恰恰是宗教狂热泛滥、种族主义猖獗，各种极端的伦理价值观盛行。这不是说我们要拒绝自由，而是要学会让自由与其他同样重要的基本价值选择相适应。这些价值选择看似空洞，却是我们应不惜一切去维护的，只有这样才能为我们这个时代提供指南。伯纳德·威廉斯极力捍卫这种观点，他写道："密尔所提倡的言论的极大自由有助于在所谓'思想市场'中发现真理，对于这一点，我不敢苟同，这是一种盲目乐观的论调。"[1] 正因为如此，对真理的探索不能套用市场规律，不能通过供求关系来进行调节，否则只能是哗众取宠。大多数人赞同的未必就是通向真理的正确道路。

　　世俗主义也不能保证不依赖宗教信仰。宗教为稳定伦理学规定的普世价值做出了贡献。欧盟制定统一宪法的尝试是失败的，其中的一个原因是一些国家的政府否

1　伯纳德·威廉斯，《真理与真诚》，杜斯格斯出版社，巴塞罗那，2006，P.206。

认欧洲的基本价值观源于基督教。这一否定反映了两种无法避免的偏见：一是把宗教当作西方价值观的源头；二是认为宗教所产生的影响对理性思考毫无贡献。

启蒙运动所做的是用一种更加灵活的视角取代基督教看待事物的角度，承认人的某些普遍权利的存在。

安东尼·帕德根指出，这是完全可能的，因为启蒙运动是"变革与巩固的时期，而不是革命年代"。因此浪漫主义者和马克思主义者认为启蒙运动是一次失败的运动。但是他们错了，启蒙运动排除了宗教禁忌，把人作为世界的中心，因此开启了人类迈向现代的步伐。

5 部落的禁忌

Los dogmas de la tribu

　　培根在《新工具》中把所有让人失去感知现实能力的理念都称作"假象"。培根指出有四种假象：第一种，族类假象，这是人类共有的；第二种，洞穴假象，这类假象是通过教育和后天灌输树立起来的；第三种，市场假象，主要存在于言语当中；第四种，剧场假象，是由虚假哲学产生的。培根所谓的"假象"其实就是我们通常所说的"偏见"，那些我们认为理所应当却从未考证过的想法。一位启蒙运动时期的哲学家霍尔巴赫[1]认为，偏见是"从各种意义上困扰人类的万恶之源"。安东尼·帕德根认为，"偏见"一词源自古罗马时期，原意是案件送

1　霍尔巴赫（Paul Henri Dietrich d'Holbach，1723—1789），法国启蒙思想家，哲学家，著有《自然体系》《被揭穿了的基督教》等。其中，《自然体系》一书系统地叙述了法国唯物主义者的主要思想。——编者注

交法庭审理之前的状态。那些决定我们对事物看法的因素，也就是我们现在所说的"思维框架"，在我们感知现实的过程中起过滤的作用。思维框架不完全是偏见，但是我们有必要审视自己的思维框架，尽可能避免片面地看待事物。

　　尽管启蒙思想家们试图排除偏见对探求真理的干扰，却始终未能消除偏见。那个充满不安的时代助长了人们通过墨守成规的思想寻求心理上的庇护和安全感的风气。在那几个世纪，宗教一直通过各种教条强化着偏见。当宗教信仰转化成个人意愿的苗头出现时，宗教无法继续带给人们安逸，人们不得不寻找其他社会文化标杆。埃里希·弗罗姆把这种现象称作"对自由的恐惧"，正是这种心理促使人们像抓着救命稻草一样固守既有的信念。对自由的恐惧是法西斯主义之类的"丁是丁，卯是卯"的意识形态生长的培养基。旗帜色彩过于鲜明的意识形态是有害的，然而缺乏意识形态的引导必然导致人们放任自流。著名的《德性之后》的作者阿拉斯代尔·麦金泰尔，基于启蒙运动无法向个人提供有效的行为准则，也无法通过这些准则构建个人道德认知体系这一事实，论证了启蒙运动的失败。人们通过抽象思维构建起人权价值体系，如果没有抽象思维，个人就无法进行抽象思考，而只能对具体事物进行个别分析。因此麦金泰尔主张回归群体，回归修道院式的封闭的生活状态，因为这种状态可以为一个人提供培养道德的有利条件，他不必整日思考在一个混乱无序的世界里应该做什么、应该成为怎样的人。

无须赘述，浪漫主义是启蒙运动的延续，其在某种程度上取代了宗教信仰所能做的。一个国家，属于一个由排他群体组成的独特世界，通过一种文化、一种语言、一系列独特的习俗和一种无法共享的爱的表现形式，获得自我防卫的凝聚力、商业竞争力和维持自我生存的保障。此外值得注意的是，欧洲在挺过了几个世纪宗教战争的洗礼之后，经历了 20 世纪由民族帝国主义发起的国与国之间的战争。

拉斐尔·桑切斯·菲尔洛西奥说，要"学会通过自我否定来更好地认识自我"。立论为情感左右是不恰当的。抽象有助于认知，但仍要"遵从内心的声音"。[1] 进行自我否定必须要审视自我，要内省。苏格拉底在这方面无疑是最好的导师，他曾不惜通过忍受牛虻叮咬来保持清醒，以便思考。苏格拉底坚持认为思考会令人感到不安和痛苦，因为思考是对现有观点和信条的挑战。"思考——尼采说——与内省有相同的根源：权衡、评价和怀疑。"

为了有效地衡量教条、偏见，不妨回顾一下奥特嘉对思想和信仰的区分。奥特嘉认为，"思想是可变的，信仰是不变的"，信仰比思想更加根深蒂固、深入人心，我们会对信仰习以为常地全盘接受。相反，思想可能是日积月累形成的，有时是昙花一现的，因为"我们不会轻易相信"。怀疑促进思想的产生。思考产生的空白需要我们不断用新的思想来填补。

此外，那些相信上帝、祖国和民族的人都会以其为

---

1 摘自《灵魂与羞耻心：安达卢西亚主义》，命运出版社，巴塞罗那，2000。

标杆行事。相信某件事就会相应地做出与这件事一致的某种行为。[1]正统思想不过是与你所信仰的教义或教条一致。盲从盲信者对异端无法容忍。路易斯·维略罗写道："就像《美诺篇》所说，理性是信仰在现实世界停泊的港湾。"[2]如果要通过理性支持信仰，这一信仰必须经过理性思考的检验。人们在审视信仰时，需要通过理性思考找到支持或推翻它的依据。怀疑是很多思想家和神学家审视信仰时的必修课，不论是那个提出"如果你懂了，还要上帝做什么"的奥古斯丁，还是那位认为"上帝的存在是不可思议的，不可思议的事情不存在"的帕斯卡，抑或是那位被称为"集是非功过于一体"的大师艾克哈特，更不用说那位自称"非全职"基督教徒的当代神学家卡尔·瑞内，还有那位重申"不经历怀疑的信仰其实已经名存实亡"的乌纳穆诺了。[3]

1 奥特嘉·伊·加塞特，《想法与信仰》，西方杂志社，马德里，1947，P.375-405。

2 路易斯·维略罗，《相信、知道、熟悉》，二十一世纪出版社，马德里，1996。

3 马努埃尔·弗拉依霍，《鬼节、神像崇拜》，国家报，2015年11月1日。

由于世俗化未竟全功，因此尽管人们对宗教信仰质疑不断，但教育和习俗让我们始终无法摆脱人云亦云和偶像崇拜。毫无疑问，没有经受怀疑洗礼的信仰也无法通过理性推敲。相反，因信仰产生的怀疑将导致一些教条的崩溃，就像对地狱是否存在的讨论一样，值得一提的是某位教皇已经宣布地狱"不存在"。20 世纪上半叶的经学解释学和激进神学淡化了人们对宗教信仰的感知，这里的"淡化"不是贬义词，因为人们对宗教的感知和解读更加开放多元了，这与基督教残酷打击异端的时代相比无疑是一个进步。宗教改革和启蒙运动使得基督教神学教义能够与崇尚个人自由的价值观共存。这些思想运动既没有消除不适应人类进步的一切价值标准，也没有将其全盘否定，只是表明世信化尚未实现。

当信仰变成标语，即便是理性思考也无法撼动时，这就是野蛮。汉娜·阿伦特——亚里士多德思想的忠实继承者，认为思考是人类特有的、最能彰显人性的活动，没有思考就无法明辨是非。因此她用一个有争议的短语"邪恶的平庸"来定义纳粹主义。在纳粹分子自己看来，他们并不是杀人凶手，而是一群志同道合的个体聚集在一起，他们不在乎什么是政治管理方面"应该"做的，不论善恶，也不管是否符合道德尺度。道德沦丧无异于丧失了人之为人的条件。阿兰古伦在著作中提出，鉴于人生是一个不断决策的过程，人不能"反道德"而行。你的选择可以是对的或错的，但你不可能逃避选择。放任自流、逃避决策意味着选择的缺失，而选择的缺失就是一种错误。人们通过这种方式避免抉择，也在一定程度上抑制了自己的思维。思考是排除偏见、教条、经不起考证的教义的唯一途径，"思考对于任何信仰而言都是危险的，思考本身并不会让新的信仰诞生"。[1]

尽管本书旨在列举怀疑的积极作用，但我们不得不承认怀疑的态度不利于维护坚定的信念。有三条伦理准则是不容置疑的，那就是自由、平等和尊严，这些是人生而为人的条件。这三条准则也是启蒙思想的基石，是任何人在任何情况下都应遵守的伦理准则。我非常喜欢

---

[1] 汉娜·阿伦特，《从历史到行动：思考与道德反思》，佩德罗斯出版社，巴塞罗那，1998。

以赛亚·柏林的一段话，他说："一位令人敬佩的作家说过，文明人和野蛮人的区别在于，尽管文明人意识到了道德标准的相对有效性，但还是无条件地遵守道德。"[1]如果我没记错，柏林所说的那位"令人敬佩的作家"就是熊彼德。柏林和熊彼德都是自由主义者，他们都认同"相对有效性"的概念，因为不存在绝对真理，也不存在无条件的执行。只有在实践中才能认识到经济、社会、道德和文化对伦理学提出的平等概念有着怎样的影响，否则这些价值取向就会为少数人的利益所操控，被更乏善可陈的价值所代替。

我赞同这种说法，我们这个时代的特征是，由于缺乏坚定的信念和过于固守偏见，我们不得不摇摆不定。叶芝的诗句写得极好：

> "最好的，总是犹豫不决；
> 最坏的，却踌躇满志。"

---

1 引自以赛亚·柏林所著《关于自由的四点畅想》（马德里，1988）。

　　因为那些伦理学范畴的抽象原则是不容置疑的，所以才能广泛为人接受。虽然这些原则是可靠的，但对现实生活却没有太多指导作用。现在人们把这一悖论称为"意义的缺失"，而这种缺失是无法弥补的。那些豪言壮语总被人依照个人喜好随意操控，因此而显得空洞。如果说宗教因试图在道德方面树立典范（比如通过"原罪说"）而失去人心，那么世俗社会在价值选择方面的抽象性就有着不可比拟的优势，这种优势体现在消除分歧的能力上，或者说，体现在它的宽容性上。而这种宽容性导致的结果就是人们没有激情了，对什么事情都不以为然。只有在一些消极方面，比如当现实证明权利不存在时，人们才会意识到这些抽象的价值选择在本质上是无效的，只有振奋精神采取实际行动才能真正实现它们。人权的概念更像是理想社会中的特权，其空想性只有在实践中才能被发现。社会不公、民主制度下的贪污腐败、救助不力等问题引发了民众的批评和对改革的呼吁。不堪的现实情况提醒人们那些豪言壮语是遥不可及的。太平盛世下，伦理离人们的日常生活很遥远，因为至少人权等价值原则的实现有着最起码的保障。

　　伦理学中，抽象信念的一大优势是具有相对主义特征。平等和尊严可以通过很多迥然不同的好方法来实现。如果一个人认为社会不公和歧视是不可容忍的，那他必然要回答如何衡量和界定社会不公和歧视这样的难题。要回答的问题远不止于此：解决社会不公和歧视问题首先要做的是什么？是解决收入差距问题、失业问题，还是解决非洲大部分地区的贫困问题？怎样看待富人对穷人的施舍？针对女性的暴力怎么解决？还有很多情况都反映了社会不公现象的存在。更难解答的是：如何化解社会不公的现象？化解社会不公所要付出的代价是什么？在用国家的力量解决社会不公时，国家主要发挥什么作用？国家的作用应该发挥到何种程度？在一个经济、金融力量主导的世界，社会平等不是政府会优先考虑的问题，要圆满地解决上述的问题也不容易，伦理学的基本信念因此受到了质疑。

　　如果当代的道德信念无法使人热情高涨，那么令人热血沸腾的就是另一个极端——宗教狂热主义。与抽象信念不同，宗教狂热不接纳任何相对主义，它清楚地知

道自己的目的是什么，动机是什么——为了信仰，为了
国家的完整，为了反对异教徒。他们从不怀疑暴力是实
现目标最有效的途径。恐怖（最具代表意义的是法国的
启蒙运动，虽然启蒙运动标志着一个时代，但我们不能
忘记其中体现出的恐怖特质），是一个无法界定的概念，
对一些人来说，为了实现某些目的，使用某些手段是可
以接受的。

　　宗教狂热并不是一个丧失理智的现象：宗教狂热分
子很清楚自己的目标和实现目标的手段，他们的行为显
示出体制化的理智。他们通过大规模屠杀吸引眼球，展
示自身力量，用恐怖的方式威胁对手并惶惑对方的心志。
真正违背理性的是他们的目标，而且这些目标是有悖伦
理的。埃塔打着巴斯克民族自由的旗号招摇过市。对于
前文提到的抽象信念，我们最大的困惑是要选择以何种
方式捍卫它们，而宗教狂热分子却不用做任何选择：他
们只需要坚守教义、保持偏见、盲从偶像，因为其中有
他们的处事准则。宗教狂热主义的处事方式，留不下任
何思考和怀疑的空间。

　　谈到狂热主义，我们不能只想到恐怖主义屠杀，其也存在于日常生活中。阿莫斯·奥兹在一篇讽刺性的文章里说，大学应该开设"比较狂热主义"这门课程。狂热无处不在，只是有些狂热看起来隐晦而文明。奥兹提到亲身经历时说，"那些虔诚的和平主义者几乎要把我枪毙，只是因为我在巴以和平问题上支持不同的策略"[1]。宗教狂热反映的是一种道德上的优越感：如果你跟我不一样，你就不是一个称职的以色列人或者加泰罗尼亚人。宗教狂热主义拒绝任何形式的对话沟通。宗教狂热分子缺乏伦理所预设的想象力：换位思考的能力、站在他人的角度理解他人需求的能力，他们最为缺乏的是放低姿态体谅他人的能力。

　　宗教狂热并不是宗教本身因教条和偏见的滋养而成长。奉行一元论的宗教更容易产生偏激的态度。这种偏激的宗教坚信真理由一个超自然的神所掌控，神的权威不容置疑，只有少数智者才有资格解释神的旨意。这种

1　引自阿莫斯·奥兹所著《反对宗教狂热》（马德里，2003）。

情况在基督教历史上曾发生过，在现在的激进的宗教组织中仍然存在。这样做是为了通过教条的正统性来挽留信徒，但是，即使是最正统的基督教，也在很久之前就已经接纳了民主制度，而狂热偏激的宗教对教义的排他性解释也导致了其与民主的价值体系无法共存。

有一点不容忽视，教条蒙昧主义也是基督教的一部分。教条蒙昧主义的主张通过下述言论可见一斑："真理使我们自由""我就是我脚下的路、我是真理、我是生命""所有不与我站在一起的，就是反对我"。然而，迪里巴内发觉《圣经》留下了很大的质疑空间。《圣经》里的"四福音"就是很好的例子，每个作者都做了自己独特的版本，却与其他作者的版本不完全一致。迪里巴内在引用福柯的话时说，福柯将"基督教的独创性定义为，承认与真理的不稳定关系"。迪里巴内补充说，这种不稳定也得到了奥古斯都和托马斯·阿奎那的承认。尽管旧时基督教十分黑暗，但不可否认的是，当今的基督教已融入了这个疑云丛生的世界。诚然，把民主制度理解成完全自由的制度是不切实际的，但是"为了让民主机制得以运转下去，不至于产生过多纷争，我们有必要让信念和怀疑之争成为每个家庭日常讨论的话题，唯其如此，才能避免不同价值观点和持不同意见的人被妖魔化"[1]。

1　迪里巴内，《伊斯兰、民主制度与西方世界》电子书。

6 停止思想
Dejar de pensar

　　"我们想得到一件东西并不是因为它本身是一件好东西，而是我们需要它，才使得它成为一件好东西。"这个颠覆常规的论断是斯宾诺莎《伦理学》里最为人所熟知的名言。这一论断超出常理之处在于它一语道破了"人类不可能向往不美好或没有实际用处的事物"这一原则。换言之，人的希望没有所谓的"不合时宜"一说，人的希望也不会偏离对其自身有益的方向。

　　理解斯宾诺莎这句话的关键在于理解他对"希望"的定义。在斯宾诺莎看来，希望就是"意识的胃口"。我们要先有了"胃口"，才会对事物产生欲望。与那些不会思考的动物不同，人类对自己的胃口是有感知的，因此也就有可能将"胃口"转化成欲望。渴了需要喝水、冷了需要烤火、孤独时需要陪伴，人们会通过找水喝、点火取暖或呼朋唤友等方式满足欲望。以上种种反映的都是人们挑战逆境的欲望。欲望是有必要的，没有欲望就没有行动。因此，在斯宾诺莎看来，欲望有积极意义，用哲学的语言来说，欲望是"顺应自然"的东西。

正是这样的观点促使斯宾诺莎构建一个将理性与感性统一起来的道德体系。理性不应该压抑情感，情感应该被合理地转化，而不是被消灭。欲望是必不可少的，因为欲望促使我们行动起来，寻找积极的途径去解决问题。欲望的表现可以是具体的心愿——这里所说的"欲望"不是原始的冲动，而是人们能够意识到的愿望。如果有人说"我想要某个东西"，说话的人是一个主体，这个主体不仅有感性，而且能够通过语言理性地表达自己的欲望，解释自己为什么想得到这个东西。斯宾诺莎自始至终都不赞成传统二分法，不赞同其将欲望分成正面的和负面的，正当的和非正当的。斯宾诺莎反对传统基督教道德给欲望设限的做法（"不要幻想遥不可及的事物""不要对邻居的妻子抱有非分之想"），他所主张的伦理自始至终都将欲望看作积极的，因为欲望促使人们行动，也就促进了自然倾向的实现。在这位哲学家看来，自然倾向是大自然的法则："一切有利于生存的事物都值得努力争取。"对事物的欲望是求生或寻求更好生活的动力。道德唯一的出发点必须是欲望。

从表面看来，斯宾诺莎主张人们贪得无厌，实则不然，他的论证反映了欲望对人类进步的重要性。他认为衡量进步的标准不在于善恶或人性的完美与否，也不是超然自我，而是对人们是否有实际用处："我认为对我们有用的就是好的。"这也有助于我们衡量事物的优劣，这一言论应该结合斯宾诺莎的另一句名言来理解："对于人来说，没有什么是比自身更有用的了。"换言之，我们所讲的不是个体的实用性，而是集体的，是对全体人类的实用性。如果说"胃口"促使人类行动，那么值得注意的是："人在理智的引导下寻找事物实用性的同时，不会不考虑这一事物对其他人是否有益，只有考虑到这一点的人才是公正的、值得信赖的、真诚的。"

　　通过斯宾诺莎这样一位魅力无限又令人费解的哲学家引入现代文明中个人欲望与哲学的矛盾再恰当不过。欲望是人性的根本，但如果把欲望理解成贪得无厌，也就曲解了这一观点。我们今天所说的欲望，是斯宾诺莎提到的人们"意识不到的胃口"，不是出于人类的理性而出现的欲望，而是会将我们推向丑恶的欲望。

　　吉耶斯·里波维斯基和让·赛洛伊的《世界审美化》一书表达了克制原始欲望的观点。书中描写了一个被作者命名为"艺术化的资本主义"的世界，这也正是我们的世界。这个世界最吸引人的地方被称作"欲望的圣殿"和"消费的教堂"：那些大型仓库、商业中心，那些给人感官刺激的地方，激活了人们贪婪的"胃口"，让人不断追逐最新潮的事物。在那些购物的圣殿里，商家不再提供必需品，一切变成"法老表演"，重要的不是买到的东西的质量，而是买东西的地方——"像剧院一般优雅的购物空间"。[1] 这些虚幻的空间的作用是刺激人们产生购买

1　吉耶斯·里波维斯基、让·赛洛伊，《世界审美化：活在艺术化的资本主义时代》，伽利玛出版社，巴黎，2013。

欲，创造不加思考的欲望，反正毫无节制的消费是一种无可厚非的文化现象。在这个消费品层出不穷的世界里，人们只会提出肤浅的疑问，比如应该买这双鞋子，还是那双。然而，是什么原因导致人们无可避免地成为消费者？这样触及本质的问题却无人问津。

在以娱乐和欲望刺激为导向的文化中，道德价值被排到了最后。这种文化现象是极端主义的另一种表现形式，它使我们不得不思考是什么在吸引着我们，什么又是我们需要的。借用斯宾诺莎的说法，我们今天所说的"道德价值"等同于人类的"共同利益"，这本应该成为我们的行为准则，但是很少有人会考虑"共同利益"。就连那些新政策的倡导者也很少考虑重新发掘"共同利益"。"消费者"这一概念的出现，让我们鲜有空间考虑"公民"的定义。公民作为群体的一分子，应该有道德提升的可能。人们耗尽笔墨写作关于自由社会中个体隔离化的文章，这种个人主义最初是社会进步、自由提升的标志，但现在却演化成了纯粹的自私自利。前文提到的两位作者也赞同这一观点——市场的普遍化并没有让个

体的权利得到保障，人们也没有真正切实享受到共同利
益。道德价值并没有消失，恰恰相反，人们比之前任何
时候都更加频繁地提起道德价值。当今人们对社会不公、
家庭暴力、奴役儿童、移民失去庇护等问题的控诉也达
到了无以复加的程度。为了消除因差异带来的歧视，使
宽容深入人心，追求普世价值和承认文化差异的潮流应
该并驾齐驱。因宗教和意识形态差异引发的争端，由于
无法通过教堂或者教义来解决，所以应该展开公开讨论。
媒体信息日趋丰富，并刺激着人们对他人的不幸产生同
情。媒体成为意识的推动者，这是有原因的。

竞争日趋白热化使得人们无暇思考和怀疑。由于
"快餐"的普及衍生出了"慢食主义"，"慢"这一标语也
在快节奏生活中占据了一席之地。手机、平板电脑铺天
盖地的同时，出现了一种新的生活艺术，这是一种宁静
缓慢的生活方式，它不紧不慢、远离喧嚣。诚然，这种
生活艺术并不能从根本上消除消费无度的现象，只能算
是一种缓兵之计。而这种生活艺术往往能轻而易举地被
打上商业化烙印，正如它试图抵制的不良习惯一样。

尽管如此，短时间内从根本上改变生活方式很难，评论也没少批判"文明的堕落"这一现象。各种反资本主义运动层出不穷，更有甚者推行"另类全球化"。尽管任重道远，建立另一个世界是有可能实现的。我们有可能唤起人们对欲望的良知，让人们根据自己"胃口"恰当地进行选择。

就像斯宾诺莎所言，从"胃口"的层面转化到有意识的理性欲望，意味着从注重数量进化到了追求质量的境界。在英语国家兴起的"生活质量"这一概念，已经成了"活出生活本来样子"的代名词，它传递的是一种不卑不亢、取之有道、不畏挫折的生活方式。这种简约而充满人性的生活方式，对于那些超出我们能力范围的事也能有所调控。生命伦理学提出以人道主义面对和承认身体极限的理念。疼痛、疾病、残疾、死亡都是人类的生命状况，通过科学技术延缓死亡对人类的折磨也是一种提高生活品质的途径。同时这也要求我们必须学会接受那些不可避免的状况，并在行动时抱有良好的意愿。如果无欲无求意味着死亡，那么带着欲望活着就是保持必要生活质量的方式。

　　杰出的法律哲学家诺伯托·博比奥在耄耋之年写过一些关于衰老的文章，其中一篇与《西塞罗》中的《年岁》[1] 同名——尽管他认为自己与那位罗马哲学家的心灵相距遥远。与博比奥同时代的著名生物学家、诺贝尔医学奖得主丽塔·列维－蒙塔尔奇尼在和前者差不多的年纪时写了一本满载着希望的书——《袖中王牌》[2]。两本书仅从书名就能一眼看出：一个沉重，一个乐观。但这两本书都告诉我们，生活的品质不仅取决于每个人的境遇，而且取决于适当的欲望。我在博比奥《年岁》中读到：

　　　　"对于一个老人而言，智慧就是欣然接受自己的极限。但是，接受的前提是认识到自己的极限。要认识就必须找到其存在的原因。我深知自己的极限，但是我不接受它们。我承认它们是因为我别无选择。

---

1 诺伯托·博比奥，《年岁》，埃诺迪出版社，都灵，1996。
2 引自丽塔·列维－蒙塔尔奇尼所著《袖中王牌》（巴塞罗那，1999）。

"一言以概之，我的衰老是令人忧伤的，我
所说的忧伤是对我没有或将无法实现的目标的
感知。可以把人生想象成一条目标遥不可及的
路，每当我们自以为目标实现了的时候，却发
现每次实现的都不是终极目标。衰老就是我们
体会到目标没有实现，而留下来可以实现目标
的时日又所剩无几，我们不得不放弃目标，去
走向最后的旅程。"[1]

从这篇颓丧的文章中，我们只感受到其字里行间苦
涩的真挚。而《袖中王牌》的作者则将矛头直指博比奥：

"与博比奥相反，我认为人到暮年不能只想
着过去的时光，而是要为剩下的时日做好规划，
不论是一天、一个月还是几年，都要怀着希望
去实现年轻时无法实现的目标。"[2]

1　诺伯托·博比奥，《年岁》，埃诺迪出版社，都灵，1996。
2　引自丽塔·列维 - 蒙塔尔奇尼所著《袖中王牌》（巴塞罗那，1999）。

蒙塔尔奇尼在书中列举了很多长寿的名人。按照她的观点，大脑是每个人都拥有的"袖中王牌"，每个老人都应该合理使用自己的大脑。"在人生这场游戏中，最好的王牌就是自我欣赏的能力，这种能力在人生的每个阶段，尤其是晚年至关重要。"我们不能用内在和外在的因素来限制自己。作者承认外在因素——体质下降、对他人的依赖、疼痛、疾病——都是不可控的，很多时候，它们让我们感到心有余而力不足，只能束手无策地看着自己的人生失去控制。但是，使我们感到青春已逝、衰老不期而至的原因不仅限于外在因素，更有内在的因素。蒙塔尔奇尼的立论是清晰的：我们一生中都不该忽略一个问题——终有一天我们要面对衰老。如果我们忽略这个问题，在我们这个享乐主义盛行的社会，当身边的人一个个因衰老而离开时，我们就会陷入一种举目无亲的忧伤境地。只有我们的"王牌"可以拯救我们的晚年。

当我们承受身体上的疼痛时，更容易想起"生活质量"这一概念，然而"过上有意义的生活"有着更宽泛的内涵。有品质的生活不以货币估值，而是通过社会

的"共同利益"来界定。看重一件东西并非因为它价值
连城；看重一个人也不是因为他的经济实力；看重一份
工作不是因为它能带来回报，而是因为它带来了成就感。
就像埃里希·弗罗姆所说，要看重事物的本真而非外表。
在那些以发达自居的社会里，人们更看重质量而非数量。
为了让财富在数量上惠及所有人，追求质量是最好的分
配方式。正如马查多所说，生活方式的改变也会避免将
"价值与价格混淆"的愚蠢行为。

在我看来，左翼政治这些年来都被关于质量的争论
所困扰。从左翼右翼之分到新旧政策的转变，表明改革
有了新气象（对人的关注大于对改革内容本身的关注）。
按照市场的逻辑，是否符合潮流成了衡量一件商品优劣
的首要标准，这一标准掩盖了商品的其他特质。新潮并
不意味着就是最好的。要解释一件新商品、一种新服务
或一项新政策为什么胜于旧有的，需要理性的参与。然
而，理性并没有在铺天盖地的广告刺激着人们标新立异
的"胃口"的背景下得到彰显。理性解释就是权衡、辨
别、比较和试图说服的过程。然而，货币经济使个人有

了精打细算的意识，以至于人们对任何无法量化的事物都失去了兴趣。毕竟看直观的数据比解读数据背后的深意要容易许多。选举中"议会算数"的问题令人担忧，因为这会影响提案的生成。计算过程的复杂并不意味着提案本身的内容有难度。简言之，自满情绪和"走捷径"的思想是对质量精益求精的大敌。对质量精益求精是不断努力超越自我，并在更深层面加以改进，而不是在肤浅层面。

7 身份决定论

Determinismos identitarios

宗教狂热分子总是抓住宗教真理不放，并从未对其产生过怀疑。因此他们对理性有免疫力，不会自我批评，对外界的批评也是不闻不问。他们对自己相信的"宗教的真理"深信不疑。宗教狂热的激进与民主制度崇尚的多元化之间格格不入，但这并不意味着民主制度下的公民就没有紧抓某些教条不放的倾向。这里必须提到一个悖论，那就是自由民主制度下的个人主义的斗争。崇尚自由，意味着让个体而不是群体成为主角，这是人类天性中暗含的愿望，个体总贪婪地渴望更多的自由和更少的约束。但个人同时也寻求庇护，希望自己能淹没在群体的大潮中，由群体向他指明自由的意义。主张捍卫和容忍文化多样性的自由主义同时也故步自封，拒绝承认其他民族的成就也是人类的成就。同理，欧洲在不停地寻找维护自身文化成就和价值的途径的同时，极力避免与同样努力试图维持自身的生存方式的异域文化发生冲突。举一个近期发生的荒谬例子，意大利政府为了不伤害伊朗总统的情感而将裸体雕塑覆盖起来。尊重他人，承认他人的文化，并不意味着不能炫耀自己的文化。

世俗化改革导致宗教私有化并失去政治势力。尽管这是宗教自由水平提高的表现，然而对于那些顽固的教徒而言，这无异于是一种损失。他们希望教义为他们专用，这样他们就可以代表宗教的正统。美国的茶党运动[1]或极端恐怖主义都是最好的例证。

诚然，宗教经典不能逐字逐句地读，因为其中具有象征性内容，必须结合相应的历史背景来解读。正因为

---

1 "茶党"不是一个政党，而是草根运动。茶党运动是右派民粹主义运动，它是美国公众发起的一场反对奥巴马政府的经济刺激计划和医疗改革方案，主张政府要减小规模、缩减开支、降低税收、弱化监管的自下而上的社会运动。"茶党"之名的由来可以追溯到 1773 年为了反对英国政府对北美殖民地实行的不公平税收政策而引发的波士顿倾茶事件，期间示威者打出的口号是"税收已经太多了"，而它的首字母组合在一起正是单词"TEA"（茶）。由此，"茶党"寓意对苛捐杂税的抗争乃至对现实的不满。

如此，官方的解读应该尽可能避免过于教条化。宗教改革拉开了基督教自由解读《圣经》的序幕。我们不能忘记的是，西班牙在全民天主教时期，几乎禁止天主教徒阅读《旧约》。梵蒂冈的宗教改革家们致力于剔除那些过于僵化的教条和对教义过于严苛的解读。天主教追求普世价值，然而天主教的教义和价值体系中具有普适性的内容却少之又少。此外，这些内容因为过于抽象而不适于应对不同情境。爱他人是一个基本要求，但是，谁又能解释这一要求在我们这个时代的意义呢？美国实现了官方世俗主义与个人宗教信仰的和谐共存，它是第一个把自由和宗教宽容写进宪法的国家，这就意味着美国没有剔除宗教，而是与之和解。托克维尔访问美国的时候惊讶于各州宪法中都对宗教职能进行了相关描述。洛克和伏尔泰曾主张接受除了无神论以外的所有宗教，美国就接受了这一主张。无论如何，除了像茶党运动那样的极端主义活动，美国宗教与自由的价值观点是和谐共存的。

　　人类需要借助规模较小并且有局限性的群体完成身

份认同。家庭是最小的群体，与个体的联系最为密切。
因此，新的家庭组成形式不断出现，但是家庭从未消失。
家庭以外，不论是在职业生涯还是在娱乐休闲中都会与
有不同身份的人产生交集。除了家庭身份无法选择，人
们在其他身份认同的过程中具有灵活性。当然，有两个
方面的身份认同虽然不是通过个人自由选择形成的，但
较长时间内可以改变，那就是宗教和国家。人们对于宗
教的身份认同往往不取决于个体本身，而取决于长期的
教育，但随着时间的推移，每个人会思考是否继续保有
宗教信仰以及如何理解教义等问题。一个成熟的人会经
过思考选择保留或摒弃宗教信仰。

　　对于国家的身份认同问题则更为复杂，人们属于哪
个国家取决于自己出生在哪里，当然，如果条件允许，也
可以通过加入国籍的方式选择自己所属的国家。我们生活
的时代移民迁徙活跃，但我们很难确认是不是每个人选择
自己的居住地的权利都得到了保障。在某些情况下，我们
可以说是自由的，但事实并非总是如此。无论如何，在一
个人的一生中，他／她逐渐获得归属感，这种归属感可强

可弱，但不可避免。很少有人会切实感受到自己是世界公民，也很少有人会真正喜欢这种感受。"世界公民"是一个美好的理念，但并不是所有人都能承受成为世界公民的后果。犬儒学派哲学家是最早以世界公民自居的一群人，他们的激进和放肆与社会习俗格格不入，这也使他们最终不得不离开他们生活的城市。如第欧根尼就曾半裸着在树下乘凉，桀骜不驯地嘲谑权贵。在一个以国家领土边界组织和管理的世界，世界公民只能是一个美好而朴素的愿望。同样的道理，与其说无国籍人士是世界公民的另一种可能的形式，不如说那是一种挑战体制的方式。总而言之，尽管成为四海为家的世界公民是一种理想，但国家为个人提供的庇护也不容小觑。事实上，一个人从哪里来、属于什么地方决定了这个人的风俗习惯和处事原则。这些原则被打上传统的烙印，这绝不是偶然的。因此，尽管《世界人权宣言》里规定的基本人权为世界上大多数国家所认可，但这些内容归根结底还是西方社会的产物，是在西方社会中孕育和发展起来的。

　　一个人必定归属于一种文化，当这种文化与宗教难以分割时，只有与之保持一定距离并用抽象思维进行思考，才能完善身份认同。保持距离和运用抽象思维可以让人将注意力集中于个体身份认同的特性而非共性。生老病死、喜怒哀乐、洞鉴古今、追求幸福、悲天悯人……是人之常情，也是人类特有的，这没有什么值得怀疑的。但我们确实需要怀疑——怀疑是什么因素使我们开心或忧伤；怀疑良知向我们呈现的是不是事物本身就有的样子；怀疑我们的欲望是否对自己有利；怀疑我们的同情心是否施用给了配得上它的人和事……我们面临的选择越多，怀疑也就越多。即使是最自然的生理现象，比如生和死，也摆脱不了文化、意识形态和宗教所赋予的含义。当今世界，全新的生育技术使得出生的方式变得多种多样，人们甚至可以按照自己的意愿选择死去的方式，所谓"死得其所"不再是无稽之谈。

不管是对个人来说，还是对整个社会来说，怀疑并与构成个人身份认同的各种原生文化保持一定距离，都是必要的，而且也是保持健康的一种手段。阿尔弗雷德·格罗瑟[1] 指出，采取必要措施预防那些容易使人形成偏见的文化认知刻不容缓。其中一项措施就是摘下"有色眼镜"，不论是对个人、组织，还是对群体都不能一概而论。"加泰罗尼亚人都是吝啬的""舆论反对紧缩政策""协议是选民的选择"，这些都是抽象的信息，且并不严谨，它们只是简化了事实。也许在所有的抽象断言中只有一句是有效的，那就是"人人生而平等"。这一宣言是有效而且必要的，因为这句话昭示了人类身份认同的共性，而身份认同的冲突需要以"人类"这一共性为出发点来解决。

所有容易引发问题的身份认同都有一个显著特征，那就是都由先入为主的概念所主导。这种特性由城邦推及民族乃至国家，体现在每一个人身上。我们通过什么来划定一个国家的边界？又是什么促使它建国？这些问题似乎是多余的。然而，如果我们没有提出这样的问题，国与国之间的争端也就不会存在，这样的话，某些地区

1　阿尔弗雷德·格罗瑟，《艰难的文化认知》，巴黎科学出版社，巴黎，1996。

对独立的渴望也就无法成立，更别提一个国家内部的文化多样性问题了。教育是制造身份认同的工厂，对于那些受到威胁的弱势文化来说尤其如此。格罗瑟问道，为什么教育会沦为制造身份认同的机器，而不是教人们如何对待自己的身份认同？后者才是培养成熟和富有批评精神的思维的不二法门。一种没有经历怀疑洗礼的身份认同是不自由的。乔治·斯坦纳这样写道，人类没有根基，他们有双腿，可以从一个地方走到另一个地方。

身份认同的另一特征是"排他性"，身份认同的目的就是为了区分是同族还是异族。天主教看待新教和伊斯兰教的眼光有时候充满了防备和蔑视。佛教不是一神论的宗教。欧洲人既跟美洲人不同，也跟亚洲人不同。如果没有现实情况的差异，也就没有了东西方之间的差别。对一种文化的身份认同无法脱离其他的文化而独立存在。爱德华·萨义德认为，"东方"本是西方幻想的产物。所谓"民族优越感"，就是将一切属于本民族的看作正常，而将其他民族与文化的行为视为不可理喻和反常。在《波斯人信札》中，郁斯贝克提出了一个问题："如何才能成为波斯人？"

纵观人类历史，接受外来习俗和观点的历史源远流长。时至今日，孟德斯鸠关于波斯人的提问仍令许多人感到不可思议，他们甚至把问题抬到了政治的高度。自由主义开启了宽容的大门，而宽容恰恰是公共生活当中不可或缺的。宗教和政治多元化是自由民主制度的一项核心价值。纵然这一价值观念会给先住民带来不适，但接受这一价值就是接受它所代表的意识形态和生活方式，只要不违背基本人权便无伤大雅。要想追求自由、使每个人都按照自己的意愿生活，不仅要宽容，而且要尊重那些与自己的信念截然相反的人。宗教狂热无法与民主制度下的多元化价值观相契合。暴力是对他人的极端不尊重。然而，那些崇尚暴力的文化不仅扰乱了民主，而且扭曲了民主。最明显的例子就是现在一些欧洲国家出现了"民族主义""排外"和"种族歧视"的现象。即使是那些以宽容、博爱自居的欧洲国家也不例外，比如荷兰或者法国。

汉娜·阿伦特写道："当代政局受两个因素左右：一

方面是所谓的'国家';另一方面是'民族主义'长期的干扰和全方位的威胁。"[1] 现代世界已经不再追求文明的共性，而是更崇尚文明的个性和国家地域性，原因在于人们对"国家"的认同。国家的地位已经取代了昔日的上帝，因此可以说民族主义是一种新的宗教形式。国家总是围绕着一些共同的理想，将公民紧密联系在一起。民族情感像黏合剂一样将一个日趋割裂的社会黏合起来。我们在此继续借用阿伦特的言论：

> "国家作为法治机构有义务维护人的权利，对国家的身份认同是公民与国家关系的表现形式之一，这种关系容易与人和民族的关系混淆。"[2]

简而言之，国家总是与民族挂钩，或是国家总是被打上民族的烙印，或是某个民族通过征服的方式建立一个国家。有可能发生或已经发生的最坏情况是个人与群

1　汉娜·阿伦特，《国家》，卡帕罗斯出版社，巴塞罗那，2005，P.255-260。
2　同上。

体的矛盾难以调和。阿伦特指出，用联邦取代国家不失
为一个好办法，这也是把国籍转化为"一个人的状态而
不是领土的状态"的最佳方式。民族身份认同与国家身
份认同的唯一区别是前者适用的领土空间更为有限。

　　西方世俗化的过程也就是我们所谓"宗教世俗化"
的过程，这一过程被深深地打上了民族主义的烙印。在
全球化时代，国家的存在阻碍了对全球问题采取必要解
决措施的进程，这是因为国家必须考虑现实情况，而不
能仅仅将自己当作一种行政管理的概念。基督教深谙在
政治治理中引入个人自由之道，并且因此实现了宗教的
私人化（尽管有一些宗教言论至今仍然呈现出"一言堂"
的风格）。值得欣喜的是每个个体都可以体会到自己特有
的民族情感，虽然民族情感不能被看作成为该民族一员
的必要条件。自由主义使个人免受国家的过分干预，每
个人都可以按照自己选择的方式生活。宗教世俗化兴起
的原因是对表面现象的不信任，这是从笛卡儿的怀疑开
始的。比如，自从科学界有人提出"也许跟我们想象的
不同，地球不是宇宙的中心"，科学界就一直在质疑这一

点。既然如此，为什么不能怀疑国家身份认同所掩藏的问题？

就像克尔凯郭尔所说，"打消疑虑的不是知识，而是信仰，但信仰同时也会带来疑虑"。宗教信徒最终能够接受宗教信仰的脆弱性，能够通过怀疑重新确认信仰；也可以对怀疑不闻不问，变成不可知论者。汉娜·阿伦特认为，我们应当感谢这个世界充满了怀疑和不确定性，这使得我们的世界"在精神上是世俗化的"。所有旨在将人类凝聚在一起的手段，无论是宗教、民族还是其他解释人类起源的意识形态，其可信度都像上帝一样有待推敲，每个人都要根据自身需要具体分析和对待它们。但如果把这些当作同化群体的工具，则又可能成为侵犯个人自由的统治形式。

在当今时代，我们总是对个人主义嗤之以鼻，它俨然已经成了割裂社会、不顾群体利益的象征。同时，自由主义的另一个产物，民族的概念，将同一群体的人凝聚在一面旗帜之下。与个人主义不同，"个性化"是指个体"应当成为自己的主宰"[1]。要想成为自己的主宰必须勇敢拒绝权威阶层发起的"同化"个性的进程。为了做到这一点，个体应当做的是张扬"个性"。每一个个体都是独一无二的，都需要彰显自己身上这些与众不同的品质。辛西娅·富勒里说得对，真正使权利国家得以为继的是对每一个社会成员个性的塑造而不是将其全面同化。崇尚个性就是反对权威的统治："崇尚个性，就是从自然意义和象征意义上放弃自己作为少数的地位。"[2]

张扬个性不意味着自我满足。亚里士多德的话鞭辟入里：

"一个无力成为群体一员或者独来独往、不需要成为群体一员的人，不属于任何城市，因此他不是神明就是野兽。"[3]

---

1 辛西娅·富勒里，《不可替代的人》，伽利玛出版社，巴黎，2015。

2 同上。

3 亚里士多德，《政治学》，I，2。

个性不是通过与群体中其他个体间的联系建立起来的。个性的建立是一个走向独立的过程，需要个体与群体保持距离，拒绝被群体同化。民族的诞生要借助语言的统一，以及教育、兵役和其他使个体对群体产生归属感的事物。任何民族主义都是将这个民族的成员"统一化"的过程。民族总是致力于使该民族的成员在权益和文化层面上趋于一致。相对于"民族"，"个人"的概念来自"个人主义"，具有一定贬义，因为此处的"个人主义"暗含对他人的漠不关心。民族是一系列独特而崇高的特质的集合，在以民族的名义强制要求个体按照该民族既有的法则修正个人行为时，"民族"这一概念也就变味了。本来属于民族个性化的东西，却变成了强制执行的要求。

8 对于色调的偏好

El gusto por los matices

　　哲学家自始至终都知道语言是通往知识的途径，就像埃米利奥·耶多常说的那样，"最初，一切都是从语言开始的"[1]。《伊利亚特》中对"神话"一词做了解释，所谓"神话"就是"词语""说法"和"对话"。柏拉图《对话录》中的大部分内容都是关于词语的讨论，却没有考虑什么才是词语最原始的意义。苏格拉底一次又一次地指责不加考究而造成歧义的用词不当的现象。《理想国》第一卷中描述了一个对话的场景：在塞法鲁家里，苏格拉底、格劳和阿迪曼多一起讨论"正义"的含义。从广义上讲，"所谓正义就是各取所需"，这层意义要追溯到对正义之城的描述，这也是这篇文章的主题所在。语言无

1　埃米利奥·耶多，《忠于希腊》，托鲁斯出版社，巴亚多利德，2015。

法确切地给事物命名，而只能给出无限接近的名称，并赋予事物一种意义，表明命名者的权力。就像汉普蒂·邓普蒂说的那样，要想知道一个词的真正意义，首先得知道谁说了算。

在公共领域有话语权就是有权力。自大众传媒出现之日起——尽管在社交媒体时代大众传媒显得有些过时了，但对我们正在探讨的问题仍有参考价值——话语和图像的威力一直在疯狂增长。过去的信息是口头传播的，现在通过大众传媒来传达，世界各地的信息都可以迅速、大面积地传播。任何信息都是操纵性的，尽管"操纵"不应总是被看作一个贬义词。我们不仅无法完完全全地感知现实世界，而且感知到的现实也总是片面的。词语是连接现实世界和我们对现实的感知的纽带，因此操纵是无法避免的。演说家、记者和评论员的用词并不是平铺直叙式的，而是通过对词语的使用向受众传递一定的意义。维特根斯坦认为，词语就像针尖，而理论则是指向意义的箭头。语言传递意识形态，语言所描述的概念构筑等级观念并且引导人们进行价值判断。

埃德加·莫兰提出的"集体影像"的概念，指的是在一个社会之中，成员之间共享的、代表其特有思维方式和世界观的神话、符号、思想和观点。大众传媒是传递影像的主体，它时常无可避免地以一种隐晦的方式影响大众。大众传媒的影响如蒙蒙细雨，通过渐渐渗透的方式，使符合统治阶层政治、经济和文化利益的言论逐步深入人心。影像通过语言，以渗透的方式慢慢为人接受，这也就不难理解为什么新的影像会取代旧的影像，新影像的普及意味着旧影像的没落。任何变化都有原因，但我们没有必要刨根问底，探求原因究竟是什么。

极权制度能够高效地炮制反映社会现实的话语，并能让个体在潜移默化中接受。维克多·克莱普勒在《第三帝国的语言》中揭示了纳粹是如何以一种隐晦而微妙的方式在德国进行政治宣传的，以至于最后那些最耿直的、甚至与纳粹毫无瓜葛的人都"被纳粹荼毒"。他举了工厂里的女同事弗里达的例子来说明问题，这位女同事所处的环境"并没有纳粹的氛围"，然而，这位女工在问候作者妻子的时候竟然以怀疑的口吻说："阿尔伯特说你夫人是德国人。她真的是德国人吗？"克莱普勒评论说：

> "这个朴素的灵魂，充满人道主义并且远
> 离纳粹势力，却被纳粹毒药中最基本的元素毒
> 害——她对德国人的定义是雅利安人，她觉得
> 一个德国人跟我这样一个外来人口、异族生物
> 结合是不可思议的，她听到了太多的表述，如
> '种族隔离''德国血统''劣等民族''北欧'
> 和'种族污染'等。可以确定她对这些表述的
> 具体含义并不清楚，但是她已经无法在情感上
> 接受我妻子是德国人这一事实。"[1]

那些不痛不痒、平铺直叙的语言像绵绵细雨一样深入
人心，使人们对这些叙述所表达的内容习以为常。那些代
表不幸、与传统价值观或者人性尊严相悖的语句和观点就
是这样渐渐为人接受，在新形势下取代那些人们习以为常
的观点和见解的。我现在想说的一个例子是，我们是如何

---

[1] 引自维克多·克莱普勒所著《第三帝国的语言》（巴塞罗那，2001）。

描述那些千里迢迢来欧洲避难和寻求保护的难民的。用来形容难民的语言，有可能透着接纳或抵制他们的情绪，这些语言都是利益集团根据自身需要"炮制"的，随后逐渐深入人心，成为代表多数人的观点。大众传媒时常被人称为当权政府的传声筒。沃尔特·李普曼关于"公众舆论"的经典理论是这样的，公众舆论的目的是使民众同意提案，以便使政府的提案更容易为人接受。如果说极权制度下任何观点的形成都可以不加掩饰，聪明人可以立即察觉其中的谎言，那么在民主制度下观点的形成则是潜移默化、不易察觉的。在一个自由开放的社会，主流话语很少受到批判，很少有人会思考自己的情感是否正确，谁让自己产生了这种情感，自己为什么会有这种情感，以及营造这种情感的目的是什么。

在我的《情绪管理》一书中，我提出了两个观点：（1）作为道德行为动机的情绪非常重要；（2）必须约束情感使其符合理性。道德行为要求人们学会控制情绪，这不是说要扼杀情绪而是要引导它，使它符合理性的标准。大多数情绪是自相矛盾的，与个人或群体的福祉可

能相符，也可能相悖。只有少数几种情感，比如憎恨，
在任何情况下都是不恰当的。对他人的恐惧或自身的羞
耻心，本身既非积极情绪也非消极情绪，从道德的角度
都能自圆其说。一个贪污犯或强奸犯理应对自己的行为
感到羞耻。然而，假如一个犹太人因为自己生为犹太人
而感到羞耻就是不合常理的。种族主义和仇恨才是恐惧
的始作俑者；我们身边的难民或移民本身并不是恐惧的
根源。懂得调整情感并使其符合道德的标准而不偏离道
德尺度，是道德成熟的表现。一方面，理智需要以情感
为支撑，因为理智本身的力量是冷漠空洞的，是无力形
成激发人们热情的磁场的。另一方面，如果没有理性的
引导，纯粹而热忱的激情对于寻找共同利益的群体而言
是不良的支撑。在公共生活中情感是必要的，也是危险
的。因此我们必须提高明辨是非的能力。

　　鉴别能力与意识活动紧密相连，具体表现在辨别是
非方面。市场在我们现在的生活中的作用日益突出，只
要能把产品卖出去，商人们会无所不用其极，推出任何
形式的广告宣传。它们无孔不入，甚至渗透到那些不能

用金钱衡量的领域。智者学派曾经一度认为凡是有益于私利而非公理的都是不良的。在政治领域，政治鼓吹因更容易深入人心而取代了理性的演说。像乔万尼·萨托利[1]说的那样，在视听时代，影像限制了人们的理性思考，因此，对于该以什么样的态度与他人共处，我们很难有统一意见。那些宣泄仇恨和愤怒的信息更容易深入人心但同时也会引起不安。[2]电视访谈里人们相互尖叫和攻击成了常态。

　　进入 21 世纪以来，人们一直处于深深的不安和危机之中，政治势力不求解决实际问题而一味哗众取宠、吸引眼球的做法，激化了这类情绪。解决问题和引起关注本不是水火不容，而是互为补充的关系。我们现在所说的"民粹主义"是通过简单的口号、标语凝聚民众的潮流，这类潮流通过简单粗暴地诋毁对手来引人注目。民粹主义将复杂问题简单化，旨在让人们相信一切问题都有彻底的解决方式，不论多么复杂的问题都可以通过所

1　乔万尼·萨托利，《智人》，托鲁斯出版社，马德里，1997。

2　R. 纽曼（主编），《影响效应》，芝加哥大学出版社，芝加哥，2007。

谓的"体制变革"获得解决。

民粹主义还有一个古老的代名词——"哗众取宠"，即通过偏见、花言巧语、夸下海口等方式谋求政治势力。希腊哲学家认为哗众取宠是民主的恶化。一般在经济或政治形势面临危机时，总会出现一个巧舌如簧、大力鼓吹民众情绪的领导者。希腊人早就知道，一个多数派掌权的政府终将沦为统治精英谋求私利的场所。亚里士多德写道，哗众取宠者通常会将各种事件呈现给民众，"一切讨论都面向民众开放，因为民众对他们已是服服帖帖……哗众取宠者为了取悦民众，曾不止一次地苛待上层阶级，削减他们的收入为公共开支所用；甚至有时为了没收富人财产不惜诽谤他们"[1]。今天很多政治运动和政治团体为了避免复杂，正将群众引向公式化的道路。

维克多·拉普恩特曾在《巫师的回归》[2]一书中谈到民粹主义泛滥的问题。书中将"巫师"与"探险者"的

---

1 亚里士多德，《政治学》。

2 引自维克多·拉普恩特所著《巫师的回归》（巴塞罗那，2015）。

形象对立起来。巫师通过诽谤反对者、扶植替罪羊等手段混淆视听、迷惑大众。相反，探险者总是小心翼翼地回答每个具体问题。不管巫师属于激进派还是保守派，他都可以毫不费力地让整个社会对其俯首称臣。而探险者却是举步维艰地为社会进步努力着。拉普恩特不止一次举例论证他的观点，他认为北欧国家的政治更偏向于探险者型，不基于原则和真理，而是以解决具体问题为要务。相反地，南欧的政治更偏向于巫师型，通过"社会民主假设""新自由主义""教育模式""区域身份认同""小范围民主"等标语吸引民意。而这些抽象的口号却对实践没有任何借鉴意义。在芬兰、丹麦、瑞典等真正意义上的社会民主国家、高福利国家，政治家很少提起"拯救民主社会"或者"引入教育模式"这样的口号。这些国家习惯致力于解决民主在公共服务和教育领域的实际困难，并且卓有成效。

除了树立华而不实的旗帜，民粹主义政客还都是空想家和自大者。在加泰罗尼亚，近四年来那些民族独立分子不仅与西班牙政府针锋相对，其内部也是纷争不断。

独立主义情绪已经积聚多年。所谓的"普约尔主义"通过一系列符号和图像将国家的概念象征化，并通过这种方式打造了一个与西班牙社会现实渐行渐远的加泰罗尼亚。加泰罗尼亚与西班牙其他地区"事实上的差异"被不断重复，以至于出生于民主政治下的新生一代与生俱来地认为加泰罗尼亚不仅不同于西班牙，就连在文化传承上也毫无共性可言。"西班牙当局""加泰罗尼亚与西班牙"和"我们自己的TV3"这样的字眼已经深入人心，人们习以为常地认为自己生活的地方与西班牙毫不相干。与此同时，民粹主义政客还通过各种方式构建起加泰罗尼亚民族的幻象。比如：反复询问加泰罗尼亚人民对西班牙的认同感（"您觉得自己 a 作为加泰罗尼亚人的成分多于作为西班牙人的成分，b 是纯粹的加泰罗尼亚人，c 既是加泰罗尼亚人也是西班牙人"）；西班牙地图被从学校和天气预报中拿掉；任何公共机关的命名都加上"国家"二字（加泰罗尼亚国家剧院、加泰罗尼亚国家博物馆、加泰罗尼亚国家广播电台）。诸如此类，数不胜数。

所有极端立场都善于捏造事实，制造极端情绪。有些时候，通过理论知识将问题抽象化。有些时候又通过事件回放将问题具体化，比如反复述说加泰罗尼亚不属于西班牙。那些种族主义势力滋生，排斥移民的国家（很庆幸这种现象截至目前只在那些"更开化"的国家发生而没有出现在我们身边），也试图通过引入一系列有利于排外的语言，其目的是打着共同利益的旗号排除异己。至今犹记得"我们能"党的成立宣言里说，除了那些被社会抛弃的人，所有人（包括他们自己）都是这种寡头政治的帮凶。所有这些极端思想都不外乎通过制造和强化矛盾——左翼和右翼，保守和激进，统一主义和分裂主义——立足。

传媒巨头和社交媒体都是传播和滋长这些现象的完美工具。它们使得偏见根深蒂固。因此，欧洲突然对难民白眼相对，安格拉·默克尔的美好初衷孤立无援，在我们看来也就不足为奇了。默克尔成了众矢之的。从文化的角度分析、解释这一变化的原因虽不容易，却很有必要。我们有必要分析这一现象产生的原因，然后采取措施摒弃那些不开化的态度。通过教育开启民智，使公民增强自我判断能力，是诸多措施之一。个人认为，我们要培育一种热爱文化，鄙视口号、标语的公民性。

教育固然可以一解燃眉之急，但却治标不治本。把所有责任推卸给教育机构却不在其他方面做出任何改变，有失公允。我们应该关注教育的具体内容，比如阅读能力。教授阅读能力是教育的诸多要义之一。"国际学生能力评估计划"的数据显示，西班牙学生普遍不擅长阅读，也只有少数孩子把阅读当作乐趣。图像的普及不利于阅读能力的培养，更不要侈谈阅读兴趣的养成了。就像阿尔贝托·曼古尔所说，阅读是一项缓慢而孤独的活动，是思想的迸发。一个好的读者能够慧眼识珠，鉴别书籍的优劣。学识渊博并不能让我们获得任何保障。假如知道很多纳粹分子不仅是罪犯还是戏剧和高雅音乐爱好者，恐怕我们中的很多人要更为迫切地抛弃经典文学、哲学和艺术了。

阅读所营造的幽静氛围让热衷阅读的人显得很怪异、不合群、傲慢、懒散，有时又有些危险。柏拉图向来对书面文字嗤之以鼻，因为文字限制了记忆力的使用。就像苏格拉底对费德罗说那样，如果人学会了写作的艺术，"他们就会散播遗忘的种子而不再使用记忆力，因为他们会过度相信写在纸上的东西而忽略倾听自己内心的声音"。另有一些学者从读者身上看到了萌生自由思想的苗头，而这对于当权者而言无异于一个挑战。修道院垄断着对《圣经》的解读，面对人们对经文的自由解读表现出深深的恐惧。法国教育家圣若翰·喇沙在1703年版《基督教都市礼仪规范》中写道："应该让人们各司其职，不是睡觉时间不要躺在床上，这样才能使道德不断升华。"

阅读是一个不断变革的过程。阅读兴趣被视为促成法国大革命的因素之一。启蒙学者们在意识形态领域的主张影响了资产阶级的阅读，为思想提供了庇护，揭示了资产阶级面临的问题，为资产阶级的利益提供保护。"阅读狂热"在18世纪爆发，阅读的内容最初仅限于宗教，而从那时起阅读面延伸到世俗、个人主义、现代化等各个领域，因此阿尔维托·曼古埃尔说："资产阶级迫使启蒙运动成为一场由内而外带来积极转变的运动，这种积极甚至延伸到了阅读领域。"[1]

"没有经过自省的人生不值得一过"，这是苏格拉底临终前面对刽子手说出的发人深省的一句话。我们的世界是如此疯狂，物质利益对我们的吸引如此之大，以至于我们根本无暇反思。苏格拉底提出的自省是绝对有必要的，有利于人类知识发展和自我完善。换言之，这种自省可能有利于人类的知行合一。人文主义教育需要在阅读中不断发展，阅读也是人们自省的过程。

之所以说"可能有利于人类的知行合一"，是因为我们无法保证人文主义教育一定以此为初衷。所有科学的发展都以经验科学为模板，尽管人文科学的发展有其特殊性，却也不能免俗。此外，人文科学的分支越来越细化，各种观点之间也存在相互对比的现象。用奥特嘉提出的"特殊化"观点来解释就是，人文科学只为自身

1　引自阿尔维托·曼古埃尔所著《阅读史》（马德里，1998）。

服务，人文科学的发展基于其内在而非外在条件。然而，人文主义教育应该不忘初心，为思想插上腾飞的翅膀。如果说人文主义研究与"人类的培养"有什么相关性，那么人文主义应该贯穿高等教育阶段始终，不论是哪个年纪、什么专业，都应该把人文主义当作培养有职业素养的人才的途径，都应该通过人文主义教育培养批判自省的能力并将其应用于自己的专业领域。人文学科在人类最初的几所大学里被称为"通识学科"，这些学科为开阔学生的眼界而发挥的作用不容小觑。

哲学家玛莎·努斯鲍姆在新书《人文精神的培养》中提到，要以审视的眼光和批判的精神看待和使用知识，对待自身和传统也应当如此。也就是说，对于那些看似习以为常的事情也要追根溯源。如果我们对大众传媒推广的那些理念不加质疑，追根溯源的精神也就荡然无存了。经济学家阿马蒂亚·森一直以来忠实捍卫这样一个理念，如同任何其他科学，经济学应适应道德需要。这位经济学家因此显得与时代大环境格格不入。梵文中"哲学"这个词的意思是"清楚看待事物"：

"哲学是通过理性思考而不是专业知识看清事物的学问。其结果有可能是彻头彻尾地认清了事物的本质，也有可能是获得完全错误的认识。但是，即使看清了事物的本质，也无法完全摆脱根深蒂固的思想、愚蠢的执念或者不必要的偏见。认清事物的本质并不能解决我们面临的各种问题，但至少让我们向理性思考迈出了一步。"[1]

除了"彻头彻尾"的思考，还有什么能培养人文主义精神？古希腊"逻各斯"这一概念，可以翻译成"理性"和"话语"，这也是人类的本质属性。哪怕像鹦鹉一样喋喋不休，人们说话的过程本身就是理性思考的过程。加泰罗尼亚语中"讲话"这个词和"鹦鹉学舌"来自同一词源，甚为有理。言谈无懈可击并不意味着言之有理。不管是加泰罗尼亚人还是世界上其他地方的人，言谈举止并不完全受理性左右。为自己说的话负责，在哲学家看来，意味着怀疑和审视自己的话语。

---

1 阿马蒂亚·森，《培养人文主义：关于自由主义教育改革的争论》，佩德罗斯出版社，巴塞罗那，2005。

9 虚构般的哲学

La filosofía como ficción

在翻译孟德斯鸠《波斯人信札》前言时，保罗·瓦勒里提出了值得我们深思的观点。他说在社会建立之初，"残酷的等级"也会被相应地建立。曾经只是残酷的自然现象，而今却化为社会秩序而存在。这就是从事实到虚构的转变。用作者的话说："蛮荒民族是以事实为基础的时代的象征，而以秩序为基础的时代通常以帝国假想为象征。权力机关无法仅凭事实存在或简单的人身控制进行统治，这就需要虚构的力量。"此外，"秩序要求恢复某些已经不存在的事物的一席之地以达到平衡，这也是理想的本能。"[1]

1　保罗·瓦勒里，《综艺》，伽利玛出版社，巴黎，1924，1930，P. 171–186。

从自然无序到社会秩序的转化——这里指的是人类对维持社会秩序进行的各种尝试——最终都体现在一系列的关于生活方式和组织形式的约定俗成的公约中，并由此构建社会现实和人际关系等，以维持和控制社会秩序。换言之，所有社会都建立在凭空想象的、虚构的基础之上，人们脑中有了图纸，便以其为蓝本试图把社会建设成自己希望的样子。

·

《波斯人信札》是孟德斯鸠早期的作品之一，书中有这样一个构想，让法国社会坦然面对自身，以摆脱自我满足的意识。跳出自身局限性来看待自我的方式——郁斯贝克提出的方法，也是孟德斯鸠所推崇的——是审视风俗习惯的荒诞性，重新思考那些被认为理所当然的信条和思想的合理性的最佳途径。文学是孟德斯鸠用以猛烈抨击宗教神话，抵御历史冲突和中世纪式学院派的武器。孟德斯鸠通过文学让这些风俗习惯的荒诞性跃然纸上，却并不摒弃理性和进步，这也是他作为一个启蒙思想家的重要品质。

孟德斯鸠的相对主义视角源自某种反自然主义视角，或者基于这样一个假象前提——并不存在"正常"的生活方式，而只有最符合人性需要的生活方式。瓦勒里提出的"从自然无序到社会秩序的转化"需要建立在虚构的基础上。从某种意义上讲，虚构是必要的。虚构通过语言开始并得以为继。社交过程中人们通过语言沟通，事物需要被命名——不管是实物还是抽象的存在，正义、神圣、合法、体面等概念因此被创造出来。在此基础上机构组织、象征符号、仪式、风俗等应运而生。秩序即规范，其限定了社会承受的底线，旨在凝聚个体、防范谣言。

瓦勒里的另一个观点是，社会纯粹是"魔术"，是以"魔咒为基础，通过文字、语言、承诺、图像、习俗等得以为继的体系"。这个体系是"虚构"的，却显得比自然更加自然，以至于人们迅速忘记了这个虚构体系的起源、未来、秩序基础和既有习俗。于是我们习惯的生活方式和行为方式轻而易举地成了唯一自然而真实的存在。改变现状是如此之难，因为改变之后的状态也不过是另一

个虚构的幻象而已。《波斯人信札》的主旨（本书中其他
章节亦有涉及）是探讨到底什么样的人才是法国人，就
像第 30 封信札所写："啊，那位先生是波斯人？真奇怪。
他怎么会是波斯人？"瓦勒里是这样评论的："人怎么就
不能成为自己本来应该成为的样子？"只有跳出自我的
局限性去审视自我，才能够提出如此发人深省的问题。
唯有如此，通过保持距离感，"才能发现所有的社会行为
都具有兽性的一面，过于人性化的人类变得孤立、呆滞、
机械并且烦琐"。

　　跳出自我的局限性、远距离去审视自我是一种用相
对的眼光面对自身的思维方式。对一切习以为常的事物
全盘接受是荒谬的，因为这样一来，一切都会流于琐碎。
另外，一些从外表看起来很稳固的部分，却让人感到好
笑。自嘲是有必要的，因为波斯人并不比我们奇怪多少。
就像文学作品中常说的，在秩序中掺杂一些凌乱，"进入
人的思绪才能切断他的思想"。那些井然有序的体验很容
易变得杂乱无章，一切都取决于我们以什么态度对待这
些经验。

　　孟德斯鸠的《波斯人信札》第一次在历史上掀起了谴责欧洲人自命不凡和种族中心主义的浪潮。而今，我们对关于这一问题的批评不再感到惊讶，尽管这种自省对于几个世纪以来饱受西方文化压迫、贬低的人民来说并不完善。在这本书出版之前的几年里，孟德斯鸠的同乡蒙田创造了散文体这一新的写作形式，为总结文艺复兴末期的迷茫和徘徊画上了圆满的句号。关于巴西的食人族，蒙田认为这是一个没有交通堵塞、没有令行禁止、没有法官和政客、没有贫富差距、没有遗产继承的族群，人们唯一的生活方式就是无所事事。这很奇怪吗？的确，对于我们这些仍然深陷人类原罪神话而无法自拔的人来说，确实奇怪。我们把保留私有财产视为基本权利，我们信奉政治权力，我们最终把这些虚构的神话当成不容置疑的真实存在。蒙田对食人族并没有表现出惊讶，正如他没有对这群人的自尊和桀骜不驯感到奇怪一般。食人族的确会把战死的受害者吃掉，但蒙田提出了这样一个问题：生吃活人和吃死人相比起来，哪个才是更野蛮的行为？放高利贷的人不惜吮吸孤儿寡母的鲜血，直到他们几近死亡。与这种暴行相比，直接杀死他们似乎更好些。

我们凭什么以"万物之灵"自居？甚至还自认为对其他事物的名称无所不知，反而忘记了这些名字都是我们虚构的。几个世纪以来，哲学家都没有忘记提醒世人，社会是建立在虚构的基础之上的。像柏拉图一样的理想主义哲学家非常清楚其理论的理想性和虚构性，这点在《共和国》第四卷中可见一斑。在充分解释了公平之城的概念后，怀疑论者格拉昆用这样一段话颠覆了苏格拉底的论断："我懂了，你所谓的国家仅存在于言辞中，我认为这种国家在地球上并不存在。"

我们不必以乌托邦式的视角来证实哲学以虚构为养料。现代唯理论的一项担忧是，如何解释社会秩序的可行性。坚持这一理论的人们创作了一套理论体系，根据这一理论，人们在国家的统治下群居并遵守秩序，因为只有这样才能免于威胁、继续生存。社会契约是一系列的隐喻，是一种想象的、不现实的约定，当然，这也是为其提供支持的各种虚构概念相叠加的结果。斯宾诺莎提出了更为大胆的假想："所有的概念都无法解释事物的自然属性，而只是虚构情境的反映。"[1] 他认为，自由、善恶、美丑、秩序和混乱都不是事物的自然属性，而是人类通过想象赋予事物的特质，只是这些想象被自然化了，就好像美与丑是事物与生俱来的特质一般。

另外两位承认语言反映社会秩序的哲学家是霍布斯和洛克，他们是最早提到现代契约的理论家。霍布斯在《利维坦》中提出，"事物的名称会对我们造成影响，但对不同的人在不同时刻的影响不同"[2]。而"利维坦"这个词本身也是国家或"道德之神"的虚构名称。"有人把我们通常所称的智慧叫作愚蠢"，不论是对道德还是陋习的命名，名称影响着我们对事物的看法，并且还会一直影响下去，因此我们不能把事物的名称当作推理的依据。名称都是经不起推敲的，其意义不仅善变、不精确，而且会被我们的情绪所影响。

1　斯宾诺莎，《伦理学》，第一卷、附录。
2　霍布斯，《利维坦》，第一卷、第四卷。

洛克在探讨伦理学中的抽象概念——比如正义、和平和自由——的时候，提出过类似的观点。他认为这些词是人们经常提到的，但是每个人对这些概念都有不同的理解。我们对这些概念的认知并不像对颜色或气味那样直观。我们通过抽象化思维认识这些概念，并希望通过这些概念构建一个本不存在的现实世界，但我们又觉得需要对这些本不存在的概念进行命名。正因为如此，对于这些词语，"两个不同的人很少会认为其代表的意义相同，毕竟两个不同的人的想法很难一致。即使是同一个人，昨天、今天和明天的观点都有可能有出入"[1]。如此看来，正义、和平、自由、民主等都是容易产生歧义的概念。

说到这里，不得不提到尼采。对尼采来说，我们所说的一切都是武断而虚幻的。我们提到树木、颜色和花朵时，总习惯性地使用比喻性的语言。树木、花朵和颜色从不同程度上来说都是抽象的概念。每一棵树、每

---

1 洛克，《关于人类理解力的随笔》，第三卷、第六卷。

一朵花都是独一无二的。我们无法仅凭一个人的个人行为判断这个人是否诚信，所以当我们断言一个人是一个"诚信"的人时，难免有些偏颇。我们不知道诚信、正义或友爱的本质是什么。我们除了可以论断每个人与其自身是一致的以外，其他的论断都是虚幻的。正如尼采所言：

> "真理究竟是什么？是一系列的隐喻、转喻、拟人等体现人际关系的修辞手法，长期使用后被整个民族认为是理所当然的；当幻想的修辞性被人遗忘，它就变成了真理，就像那些表面图案虽然模糊不清却深深印在人们心里的硬币。"[1]

因此任何生活方式都不是"自然"或"正常"的。只有因循守旧，才能让一切显得正常。"任何事物都可以以另一种形式存在"，这是维特根斯坦的至理名言，这句

---

1 尼采，《真理与谎言超越道德领域的理论导言》，选自《哲学书》，托鲁斯出版社，马德里，1974，P. 91。

话说明任何事物都可以孤立于它的名称而存在。换言之，
"语言经常在度假"，这一点经常体现在风俗习惯中，尤
其是那些带有哲学意味的风俗习惯中。

哲学的萌芽是以一系列相当自由的主张为基础的。
人们常说，"求知的欲望"和对未知世界的好感引导人
们探究哲学。当人们摒弃神话而诉求逻辑时，便开启了
哲学思想之门。借助故事解释现实到达一定程度时，人
们便开始寻求更站得住脚的解释，哲学因此而生并开始
一步步发展抽象思维，就像亚里士多德说的那样，研究
"事物本身应该的样子"。哲学研究的各种高瞻远瞩的问
题都可以用以下标题来总结：超越辩证法、纯理性批判、
精神现象学、存在与时间。因此才产生了乔治·斯坦纳
式的论断——"隐藏内心深处的'崇高幻想'"。离开神
话和文学，我们便无从谈论哲学；没有莎士比亚、塞万
提斯和笛福，我们也就无从谈论精神现象学。

本书前面曾引用过乔治·斯坦纳的著作《纯粹的怀
旧》，该书认为哲学思想素来充满神话色彩。该书解释了

原罪的隐喻是如何体现在马克思的异化理论或弗洛伊德的文化劣势理论中的。列维－斯特劳斯在关于伊甸园毁灭的论文中也曾探讨文化对自然的掠夺性统治背后的因素。三个源自《圣经》的"神话"，三个不同的"观点构建"，向我们展示了言语的力量和与大自然形成联盟的意识。神话曾试图取代神学，然而，最早倡议这类想法的人并没有意识到这个问题，不论是笛卡儿、黑格尔还是弗洛伊德都认为遣词造句要受现实条件的制约，我们的话语只是现实世界的反映而已。

神话思想贯穿哲学发展始终，胡安·努诺在《哲学的神话》[1]一书中探讨了这个问题。尽管继柏拉图之后哲学界普遍试图摒弃神话的影响，努诺却向我们证实了哲学从来没有摆脱过神话的影响。"哲学"一词的本义是"爱智慧"，这一概念可以追溯到毕达哥拉斯时期，"神圣即智慧"是它最好的体现。哲学是一门兼容百家的科学，这门科学永远都无法达到完美状态。中世纪哲学的主流

1　胡安·努诺，《哲学的神话》，经济文化基金出版社，墨西哥，1985；巴塞罗那，2006。

是古代神学。该学派认为哲学一定要有一个既定的服务对象，这个服务对象可以是语言、历史、科学，也可以是艺术。巴门尼德在他著名的诗篇里引入了"认知安全界限"的概念，培根、康德、维特根斯坦和波普尔等学者也有类似言论。还有比尼采提出的"永恒的回报"更具有鲜明神话色彩的哲学宣言吗？哲学是一门会定期给予我们新知的科学。用努诺的话来说，哲学一直在不断重复一系列的强大的神话体系：救赎、启示、整体、界限、转换等。以克尔凯郭尔为首的哲学家试图通过一套虚空的人类学理论实现科学力所不及的救赎。一些推崇神秘启示的哲学家以智慧超越常人、能够通灵自居。柏拉图、斯宾诺莎、笛卡儿和胡塞尔都属于这类人。另有一些哲学家打造了"整体"这一颇具神话色彩的概念。"真理具有整体性"，黑格尔如是说。康德曾提出底线和界限的概念以区分自我和超我。维特根斯坦更是提出："不能诉说的时候，最好选择沉默。"

总之，理解了所有的哲学不过是虚构之后，我们将何去何从？毕竟这不同于我们通常对哲学的理解。哲学散文通常被归于"非科幻"类书籍，究竟是什么使得我们习惯于这种分类？为什么思想的连接、理论的创作和那些无从考证的解释具有"非科幻"性？难道平衡经验科学不是哲学的愿望吗？在这样一个问题频发的世界，人们难免忽视某些问题，为什么不把哲学当作解决人们的疑惑和担忧的途径呢？

提出疑问是哲学自古以来一直在做的。对于一些人，比如笛卡儿来说，怀疑是通向真理之路；而对于蒙田来说，保持疑虑是唤醒和孕育良知的途径。胡安·戈蒂索洛曾说文学是"怀疑的沃土"。古斯塔沃·马丁·加索说一本好书"总让我们陷入怀疑"。这对于哲学同样适用。

但是我们对现实世界的认知源自虚构，我们内心深处存在怀疑是因为我们的知识是有局限性的，我们基于某些虚构概念而获得的对现实世界的认知纯粹是人为的创造——不是某一个人而是群体共同创造的。自从抛弃宗教偏见，人们越来越相信自己是创造社会、政治和文化的主体，而不是产物。我们不妨假设有一种综合了认知和存在等不同层面的思想体系，这种体系所反映的社会现实已逐渐成为人们的舒适区域。莱布尼茨在他的《方法论》中指出不同观点之间是可以调和的。不同层面的见解可以互为补充，即使有些观点本身是错误的：

> "即使是同一个城市，从不同角度欣赏到的风景也是不一样的。同理，由于单一物质的种类无穷无尽，由各种物质组合而成的宇宙存在无限可能。"[1]

认识到现象和描述这些现象的话语的虚构性，意味着揭露社会现实的东西和尚未发现的真相之间有尖锐的矛盾。就连这里所说的真相也是人类构建的。若非如此，还能是什么呢？但是，人类构建起的真相具有一定的普适性。面对矛盾，我们有两种选择：采纳后现代主义怀疑论，或继续沉浸在启蒙运动的哲学思潮中，并视之为追求解放和探寻真理的不二法门。哲学的进步意味着我

---

1 引自莱布尼茨所著《方法论》（奥维耶多，1981）。

们向普适性而非相对性又迈进了一步。这一进步的取得
与那些琐碎的神话和虚构密不可分，当然在这一过程中，
我们不应把神话和虚构解读为偏见和禁忌。通向真理之
路固然充满艰辛，有可能进一步退两步，但我们不应因
噎废食。就像康德在《人类学》中所说的那样：

> "概括起来说，人是集文明和伪善于一体的
> 存在。人表面看起来崇尚伦理，实则自欺欺人。
> 无论如何，让我们姑且信以为真，毕竟当人一
> 再倡导善良、正义时，也就不知不觉地接受了
> 这些原则。语言可以唤醒世人。"[1]

这里所说的语言是建立在抽象的基础上的，具有多
重意义，然而，却在我们探寻真理的过程中留下了空白，
使这个世界表面上的文明程度低于实际达到的水平。不
管是男人还是女人，不管是亚洲人还是非洲人，他们的
基本权益同样崇高。言论自由不是罪过，否认这种观点

---

[1] 摘自埃米利奥·利多和马努埃尔·克鲁兹《思想即保守》（巴塞罗那，2015，P.99）。

就是否认自由解放。伏尔泰曾以讽刺的口吻说，人类是
基于某种共同基础生存和繁衍的，尽管我们不知道还有
什么办法比这更好：

> "自然创造我们这个种群时，赋予了我们
> 某些本能，比如言谈中的自尊和对他人的慈悲。
> 爱是所有种群的共性，而我们能够把爱与其他
> 才华结合起来，这是其他种群所不具备的才能。
> 因此我们应当尽我们所能。"[1]

---

1 摘自安东尼·帕格登，《启蒙：为什么仍然重要》电子书。

10 散文的衰落

El declive del ensayo

　　散文集被归为"非科幻"文学，这是一个海纳百川的分类，其中没有小说或诗集。看一下报纸上的非科幻类书籍销售榜，就不难发现所谓"散文式风格"已经与蒙田的初衷相去甚远。自助类书籍和烹饪书籍在非科幻类书籍中最为畅销，这些书的实用性恰好是散文所没有的，它们仿佛会无所不能地为所有问题提供解决方案。

　　我们很难定义散文究竟是什么。奥特嘉说，散文是"无法证实的理论"。胡安·马里沙尔说，"没有散文家就没有散文"。阿方索·雷耶斯称散文是"各种文体的融合"，因为一篇散文"可以容纳一切"，散文是"一种文化最淘气的产儿，它无法接受闭塞，而是像波浪线一般迂回前进"。散文这种兼收并蓄的特质使得艺术、理性和感性能够共存，因此，散文一般兼具理性和率性。

从严格意义上讲，正是散文的主观性赋予了它无比的魅力，这种主观性引人入胜、张扬自我。按照康德的理论，这里所说的"我"不特指本我也不是超我，而是每一个独特的存在。就像蒙田说的，我就是我著作的主题。虽然散文具有碎片化、简洁化的特点，兼收并蓄、没有学术分级的概念，但是真正为散文赋予生命力和哲学气质的却是散文的作者，散文家在谈论自己喜欢的主题时就像在给自己画自画像。

这张自画像里的隐晦内容比呈现给观众的内容更值得关注：作者还知道什么呢？蒙田涉猎极为广泛，却不在意顺序或体系，他以自己的经验和经历质疑自己，也质疑那些同时代的人。蒙田很少解释什么，他从不好为人师。他所写的散文小品也鲜有高瞻远瞩、旁征博引。他关注那些异彩纷呈的习俗，却不以警示后人为目的。蒙田对道德困境并不感兴趣，他关注的是人们的现实生活。跟从自己的内心，意味着有时候没有救命稻草可抓，"如果我可以为灵魂找到一根救命稻草，我将不会再写散文，而是在不断学习和尝试中做出决策"[1]。莎拉·贝克维尔如是总结，《蒙田随笔》探讨的根本问题是如何生活，而不是"那个老生常谈的伦理学命题：我们应该如何生活"。[2]

　　散文的这种视角使之成为最适合讨论怀疑论的体裁，就像本书前面所说，怀疑是哲学的任务。怀疑是难以传染给他人的，毕竟怀疑意味着承受忧虑和不安定因素。任何可以平复人类疑虑和困惑的尝试在当下都比怀疑更受欢迎。尽管宗教不再以救世主的形象出现在世人面前，却一直在不断做出各种新的尝试。我们很难找到能够使人摆脱疑虑的世俗理论，尤其在我们没有提出怀疑的时候。

　　蒙田并不回避内心的矛盾，他与同时代的莎士比亚

1　蒙田，《蒙田随笔》，第三卷。

2　莎拉·贝克维尔，《如何生活：与蒙田相伴此生》，阿里尔出版社，巴塞罗那，2011。

完全不同。莎士比亚把内心矛盾投射到笔下的人物冲突中。[1] 蒙田却从希腊和拉丁怀疑主义中汲取营养，而这两种思想都认为哲学是治愈一切的方法，它们认为每个人的人生都由可以避免的事件和不可避免的事件组成。不可避免的事件最直接的体现就是疾病、衰老和死亡。因为它们不可避免，所以我们不得不以积极的态度接受。要培养幽默感，因为人生中值得严肃对待的事情屈指可数。奉行皮浪的教条：每件事情都要有结果、有意义。如果不可避免的事件缺乏有说服力的结局，那么当人们面对可以避免的事件时，就不应表现出过多无谓的担忧。积累财富和荣誉是最重要的事吗？幸福蕴含在物质财富里吗？受伤的情感能够被治愈吗？怒火中烧有用吗？有哪些真理是不容置疑的？斯多亚学派和伊比利亚人崇尚心神安宁的理念，这是一种主张忽视忧愁的理念。

我们不赞成陷入怀疑无法自拔，而是要以轻松愉快的姿态接受不同的立场。因为我们不是智者，所以没有

1　莎拉·贝克维尔，《如何生活：与蒙田相伴此生》，阿里尔出版社，巴塞罗那，2011，P.31。

必要患得患失。就像蒙田说的："过去一切经过证实的认知成果跟未知世界相比简直不值一提。"哲学和知识的进步都源自人们不停地犯错。所谓"智慧",就是对已知的世界保持怀疑。蒙田的继任者笛卡儿把怀疑当作研究哲学的方法。但是,与蒙田不同,笛卡儿热切希望找到确定的答案,而蒙田则乐于"在不确定中安逸地生活"(此处是指"长期保持怀疑的状态")。对于缺陷,他不仅不避讳,反而持庆幸的态度,因为人非圣贤,没有人可以凌驾于人类的天性之上。就像《蒙田随笔》结尾说的那样,"踩着高跷又有什么意义呢?即使踩着高跷,我们也要用自己的两腿行走。纵然是世界上最高的宝座,也总要自己的屁股坐上去。"[1]

　　散文这一文体形式极大方便了哲学家自由地表达想法而不必顾及政治或学界强加的束缚和约束。西奥多·阿多诺在《散文文体》一文中阐述了散文相对其他文体的优势和局限。与科学研究和艺术创作不同,散文"具有天真

1　莎拉·贝克维尔,《如何生活:与蒙田相伴此生》,阿里尔出版社,巴塞罗那,2011,P. 13。

烂漫的闲情逸致，可以毫无顾忌地谈古说今。不仅谈论亚当、夏娃，也谈论作者身边的奇闻轶事，内容和形式均不拘一格。"[1] 这种灵活性使散文成为"最适合批判的形式"和"清楚的感知和怀疑的自由之间的平衡点"。不管是支持"方法论"的理性主义者，还是经验主义哲学家，都希望尽可能做到严谨、客观。散文把适当的方式、方法看作任何理论的立足之本，其本身并没有确定的规范，而是具有不连续性，而社会现实亦是如此：

> "产生思想的过程无法对方法论的绝对权威形成有效的质疑，散文却可以。尽管没有明确表达出来，散文却充分意识到了'去身份化'的力量在于'非激进'，在于防患于未然，在于发挥整体中的某些局部的作用。"[2]

因此，就像阿多诺所说，"散文的要义在于它的离经叛道"，即在于反对正统。

---

1 西奥多·阿多诺，《散文文体》，阿里尔出版社，巴塞罗那，1962，P. 12。
2 同上。

散文的文体形式使散文在许多情况下具有对话性。难怪柏拉图会用对话的方式阐述思想。卢卡奇在将日常对话和散文联系起来时，认为柏拉图是"最伟大的散文家之一"。柏拉图曾用散文这种独特的文学形式赞颂恩师苏格拉底"散文般的一生"。[1] 柏拉图的言谈间从不谈论绝对真理（尽管不得不承认苏格拉底总是更胜一筹），一切争论都尚未有定论，所有的观点都被放在进一步对话中。诚然，各种观点都有片面性，但每个人都有发言权。

不论是政治的观点、伦理的观点、美学的观点，还是认知论的观点，都属于哲学文本的范畴。贾维尔·埃切维里亚认为"世界上只有三类书"：神学家的《圣经》；经验主义者的自然科学；理性主义者的自我灵魂。由于现代性和理性思维的确立，哲学不再研究自然和灵魂，而转向研究认识的能力。从这个意义上说，哲学变成了一种认识论。纵然如此，散文写作对哲学家而言还是游戏之作。正如约翰·洛克在《关于人类理解力的散

---

1 G. 卢卡奇，《散文的实质与形式》一文出自《灵魂与形式》（巴塞罗那，1975）。

文》一书前言中所写的那样：

> "亲爱的读者，我把休闲娱乐的时间给了
> 你。如果你喜欢这个作品，如果你在阅读时获
> 得了我写作它时一半的乐趣，你将会愿意为此
> 买单。"[1]

贾维尔·埃切维里亚说，哲学散文有一个态度上的
要求：思想自由。这也是令18世纪启蒙思想家们备受鼓
舞之处，他们通过鼓励读者自己思考来表达自己的想法。
"散文就是邀请读者认识自身"，就像洛克所说，散文是对
人类理解力的审视，无论审视的主题是多么琐碎。[2]

虽然有的散文具有宣传性，有的散文像诗歌一样，
是有感而发的，也有一些散文以说教为目的，不论如
何，散文都是关于现实世界的一种观点。散文引发人们
独立思考和判断，但是启发人们独立思考不等于劝说人

1　约翰·洛克，《关于人类理解力的散文》，前言。

2　贾维尔·埃切维里亚，《科学散文家和来自17世纪的四本书》，节选，
　　P. 163-174。

们信服某种观点。恰恰相反，在思想的汪洋中我们最大的希望是唤醒良知和进行严谨地思考。辛西娅·奥齐克写道："优秀的散文不是学究式的，不会充满争议，甚至没有政治色彩，而是一场自由的思想运动。"[1] 散文作品与读者分享的是"尝试"，而不是信条。不以说教为目的不意味着散文无法引起读者的共鸣。菲利普·洛帕特认为散文就是信徒与信仰间的对话。牧师们习惯于打开《圣经》，试图从信徒的生活出发解读经文。劳伦斯·斯特恩就是一个很好的例子：牧师出身，布道发迹。[2]

然而，散文除了给我们的思考提供启示之外，比哲学文体行文更为考究，因此也被主流哲学家们广泛采用。著名的哲学家和散文家奥特嘉对此深有体会，他时常问自己，他究竟是散文家，还是哲学家？应该如何评价奥特嘉其人？评价侧重于他对哲学思想的贡献，还是高质量的散文创作？他本质上是哲学教授，还是热衷教育事业的记者？奥特嘉玩世

---

1 辛西娅·奥齐克，《她：肉体的诗篇》，温提出版社，纽约，2001。

2 对菲利普·洛帕特的采访，《自由文艺》，n164，西班牙版，2015 年 5 月刊，P. 20-25。

不恭的风格也颇受非议。赞赏他的只有像约瑟夫·普拉这样的作家，因为普拉在他身上看到了千里马的特质。不，奥特嘉首先是一位散文家，然后才是哲学家。

然而，无论从哲学角度，从个人境遇，还是对幸福的理解（"我和我所处的境遇构成了我的存在，二者缺一不可"）而言，奥特嘉都更胜一筹。他曾有这样一段惊世骇俗的言论：应从每个人所处的境遇和考虑问题的角度出发看待哲学真理。奥特嘉著名的现象主义理论是先验哲学的对立面，与康德和培根的理论一以贯之。奥特嘉主张与其"集体禁言"，不如着重强调情境特征。显然，同一个问题在马德里和波士顿的处理流程是不一样的。[1]

也许奥特嘉未能预见，在后现代的今天，散文更容易为人接受。蒙田哲学家的地位被人承认，因为哲学的界限本身就是模棱两可的。仅通过一个概念——薄弱思想、疲软社会、危机社会——来诊断现实，就可以成为

---

[1] 亚历山大·罗西，《奥特嘉的语言和哲学》，经济文化基金出版社，墨西哥，1984。

时代吹捧的思想者。

散文是作者表达困惑，提出疑问，抒发对现在和未来的担忧的最恰当的文体，而我们的时代热衷轻佻的文学，散文显得那样格格不入，以至于我们无以深究。在实用主义当道的时代，凡事都只求解决方案，不论是最小众的烹饪文化还是自我救助类书籍。出版社会毫不犹豫地推广那些易于销售的"哲学"系列丛书，毕竟这些书为解决紧迫的问题，如"如何面对逆境？""如何独处？""如何不为钱操心？"等，提供了答案。

此外，不能不提的一点是，散文集中大量应用插图和热门词汇的现象愈演愈烈。斯坦纳认为，近一个世纪以来出现的文化现象都是"言语滞后"的结果，语言过于依附图像、音乐，而在一种嘈杂的环境中生存。马里奥·巴尔加斯·略萨在《病态的景观文明》一书中所言可谓一语中的，萨托利在其传世之作《人类分割》中亦有类似言论。当代文化由电影、电子游戏、摇滚乐等形式组成。这些文化形式无一不充斥着消费主义，而且不会轻易消失。

因此，我们很难用一句话说明文化的使命是什么——是塑造纯粹的，能够抵御铺天盖地席卷而来的广告、政治宣传和时尚潮流的影响的个体；还是培养能够独立思考的，敢于独立思考的人。